歹命人生
陳長慶 著

「爭地」的悲歌
——陳長慶《歹命人生》讀後

謝輝煌

《歹命人生》這本十三萬字左右的小說，起於戰火燒出的哀號，止於戰火燒響的悲歌。它依舊是陳長慶在「凡走過的必留下痕跡」（「後記」）的意識主導下所完成的一個作品。

金門，在長達四十三年的軍事管制和戒嚴的陰影下，彷彿變成了一個製造「歹命人生」的工廠。然而，金門無罪，罪在人為。

所謂「人為」，是因國共內戰，把金門打成了一個「兵家必爭」的「爭地」（《孫子兵法》）的緣故。因為雙方都在「爭」這個島，故敵攻我守的金門戰爭由此，島民的「歹命人生」也由此。

回到文本，這個小說，包括「寫在前面」及「尾聲」，共二十個章節。

「寫在前面」，交代了創作動機和目的：即作者在一個由「金門縣鄉土文化建設委員會理事長陳滄江先生，所召開的「戰地政務戒嚴時期金馬地區白色恐怖及軍事勤務受難者口述歷史個案調查」的會議上，看完了全部個案資料後，除有感於「部分受難者本人或其家屬」，迄今尚未獲得如台灣二二八事件的受難者和受難者家屬所獲得的平反和優厚的補償，心中有所不平外，並發現在「個案調查」的資料中，未見到一個記憶猶新的「個案」，乃挺身而出，要「為一個遭受暴力而罹難的老年人伸冤」，而且希望同是民進黨金門縣黨部主委的陳滄江先生，「能透過此次的個案調查，為更多無辜的受難者平反伸冤」。

正文開始，作者以「八二三砲戰」的砲火，在同一天裡，先後轟垮了翠嬌和美枝這對遠房表親的兩個貧苦農家，並炸死了翠嬌和美枝的丈夫阿順的悲劇場面揭開序幕。接著，以美枝如何以堅毅奮鬥的精神，一肩挑起「兩家三口」的生活重擔，「與山為伍，與牛為伴」地耕田種地，茹苦含辛，教養才十二歲大的獨子志宏和失去雙親的表姪女婉玉長大成人，巴望「窮人家的孩子也有出頭的一天」。然而，當她的美夢快要成真時，她卻在志宏和婉玉訂婚的那天，慘死在不肖軍人牛廣才的槍口之下的悲劇故事，做為整個小說的主體架構。然後，隨著故事情節的發展，技巧地以戰地的白色恐怖案件、不肖商人狗屎貴仔和牛廣才的為非作歹，欺壓並槍殺美枝等社會事件，以及民俗和農事等材料，把那個主體架構裝飾成一個有骨有肉，有血有淚的生命體，來呈現島民的不滿與悲憤之情。

「尾聲」的筆墨雖不多，卻是很濃稠地讓狗屎貴仔一家三口，葬身於敵砲所引起的火災中，用以深化戰爭加諸島民的苦難，和彰顯古訓「惡有惡報」的不謬。另外，又以婉玉肩挑大任，帶著年邁的義母秀春和重傷的未婚夫志宏，揹起三家四口的神主牌位，離開那片土生土長的傷心之地，且一去不回的簡短故事，來呈現苦難的島民對現實環境滿懷悲憤與絕望的心情。

雖然，這個小說的起頭和結尾都瀰漫著濃濃的煙硝味，但因作者在「寫在前面」的短文裡，已給小說的內容取向定下了基調，故在戰爭方面的現場畫面，僅有第一章裡的砲彈擊斃翠嬌和阿順、第三章裡的砲彈碎片割傷婉玉的腳、以及「尾聲」裡的砲宣彈擊中狗屎貴仔店裡的煤油桶引起火災，燒死一家三口等三個場景。至於第一章裡翠嬌向美枝口述的「欄裡的牛羊豬隻全被共匪的砲彈打死了，田園屋宇也成了一片廢墟」，及作者在第二章裡所描述的「共軍沒有遵守單打雙不打的承諾，一旦發現國軍官兵在築工事或有重要之目標物，往往不分單雙號，都會加以砲擊，因此而傷亡的不計其數」等，應算是戰地新聞。雖然，這幾則戰爭剪影的內容和幅度都不算大，但卻是這個小說的動力。因為，沒有這個動力，就無法衍生出那些「白色恐怖」的案件來了。

金門的「白色恐怖」，跟台灣的大不相同。原因有二：一是民間沒有政治上的異議分子，且無出版品。所以，「文字獄」裡是空的。二是金門乃國軍慘敗後轉危為安的接敵地區。軍方在痛定思痛後，有了「前事不忘，後事之師」的共識。為防範敵人有可乘之機，及隱密我方企圖起見，訂下了「守口如瓶，防意如城」的嚴密保防要求，並從人員管制到一些與保防可能發生關聯的民生用品上，如籃球、保特瓶、車輪內胎、手電筒、煤油燈、車輛大燈、紅白二色建築物和外衣、收音機、照相機（含膠卷）……等，甚至連放風箏、養鴿子、學游泳等活動都列入管制項目。至於漁船動態，就更不必說了。有了這些多如牛毛的管制，加上基層執行人員的專業素養不夠，往往就有把「草繩」當作「毒蛇」來打的現象。金門的「白色恐怖」，幾乎都是這類雞毛蒜皮的「案子」。例如：作者在第七章中所描繪的「查戶口」：

「他們在美枝家，婉玉和志宏撿回來的那堆廢鐵中，查獲了一小罐步槍彈殼，以及在志宏房間的抽屜裡，查到十幾張共匪打過來的宣傳單」。檢查人員根本不採信兩個孩子的說明，也不理會美枝的解釋和鄰長的保證，硬是好像「人贓俱獲」似的，喝斥孩子「不要講理由」，並咬定那些彈殼是「偷」來的，那些宣傳單是「私藏」起來「準備替共匪宣傳」的。美枝在檢查人員要把志宏帶走時，氣得說了句「難道沒有王法，沒有政府」，又更氣得罵了幾句「夭壽政府」，他們就怒指美枝「是辱罵政府的反動分子」，因此把她和志宏一起帶走，押進了看守所。

這個案子，除顯示了檢查人員的知識不足外，也凸顯了他們「喜歡小題大作」，以及「拿著雞毛當令箭，到處耍威風」的心態。因為，就宣傳單而言，孩子也知道「不能偷看，要交給老師」，以及「交的多有獎勵」的規定。他希望等撿多一些時再一起交給老師。（見第七章）就算不懂得兒童心理學，也該想想生長在一個飽受共匪砲彈摧殘的環境，而且曾親眼看見父親和阿姨都被匪砲打死，小表姐也被砲彈碎片割破了腳的孩子，他可不可能有「準備替共匪宣傳」的企圖呢？

其次，就那「一小罐步槍彈殼」言，只要看看彈殼的外表，便可斷定是不是從「裝箱」後的箱子「偷」出來的了。何況，當時的軍隊是駐在廿四小時都有衛兵看守的碉堡、據點、坑道或小營房裡，孩子敢進去「偷」彈殼嗎？村指導員說，靶場上「哪裡撿得到（彈殼）？」更是「活老百姓」的外行話。（按：村指導員的素質，除極少數者外，絕大多數都不賴。）因為，部隊打靶，即使在射擊臺上加鋪軍毯，往往也有不聽話的彈殼，蹦得「踏破鐵鞋無覓處」，待別人路過該地，卻又「得來全不費工夫」。這是經驗，也是常識。至於美枝被氣得罵了幾句「夭壽政府」，就給她戴上一頂「反動分子」的帽子，那就更是「拿著雞毛當令箭」了。

另一個案例，是在第十四章以後出現的，那個惡名昭彰、「靠販售軍用品（按：軍中剩餘主副食品）發財的」狗屎貴仔，其獨子林安卓喜歡婉玉，但因提親遭拒而懷恨在心，便買通某單位的一個班長牛廣才和幾個憲兵，設計一個「販售軍用品」的「事實」，想嫁禍給志宏，進而搞垮他代義母經營的雜貨店。可惜詭計未得逞，狗屎貴仔和牛廣才均被繩之以法。兩人服刑期滿出獄後，就設計報復。終於，由勒索、肢體衝突，進而演變成牛廣才用手槍殺了美枝，重傷了志宏，然後舉槍自盡的悲劇。

這是個由民事發展成刑事的案件，基本上，跟白色恐怖沒有關係，但卻是一個軍人殺害百姓的重大血案。而軍方恐怕也沒有負起道義上的賠償責任，因而留下了一個民怨。當然，這又是一個「歹命人生」的註腳了。

總之，不管是像「查戶口」時，檢查人員的隨興「嫁禍於民」，或如牛廣才的「與民同歸於盡」，都是引起民怨的因子。而島民的反應，大概也跟作者的意見差不多吧？如：

——在這個以軍領政的戒嚴時期，只要官員一句話，隨即就有牢獄之災，可說是欲加之罪，何患無辭……只要發覺有一點蛛絲馬跡，便想羅織一個罪名，來嫁禍於島民。（第七章）

——你不要欺人太甚，吃定金門善良的老百姓，總有一天，你會得到報應的！（仝前）

——這些老北貢，就是喜歡小題大作，拿著雞毛當令箭，到處耍威風。（仝前）

——生長在這個島上的金門人，都是沒有尊嚴的次等公民。（仝前）

——在這個以軍領政的戒嚴地區，高官的一句話就是命令。同樣的一件事情，可以大事化小，小事化無，相對地，可以讓你生，也可以讓你死；可以讓你清清白白的回家，也可以讓你百口莫辯含冤而終……島民只有服從，沒有抗拒的餘地。（仝前）

自古以來，上馬殺敵易，下馬治民難。這裡的「民」，自然包括「兵」在內。而金門，因地處「島國」、「前線」，情況更是複雜而特殊。雖說「八二三砲戰」之後，兩岸已進入「冷戰」時代，但「戰備」依然緊張。俗云：「人上一百，形形色色。」軍中和民間，都有些「壞蛋」。因此，不論是因戰備所衍生的「白色恐怖」，或不肖軍人的為非作歹，都曾對金門島民造成不少的傷害。誠如作者在第十八章借志宏的嘴巴說的：「不錯，這的確是時代的悲劇，而金門人何辜啊！我們知道的就有好幾個案例：有引爆手榴彈與人同歸於盡者；有用槍械擊斃人再自盡者；有偷把彈藥放進百姓灶裡企圖傷人者；有誤擊倒楣的無辜者，甚至還有婦女被強姦強暴者……。」且不管這些特殊事件的起因如何，百姓總是無辜的受害者。

此外，還有那個自民國卅八年底起，實施了四十三年的「人人納入組織，個個參加戰鬥」的民眾組訓（按：「民眾組訓」是早期的名詞，它是黨政軍聯合作戰中重要的一環，後來改為「民防組訓」，再改為「民防總隊」、「自衛總隊」），也讓金門島民吃盡了苦頭。如青壯男女等於「民兵」一事，雖說可抵服義務兵役，但男丁的「義務役」何其之長？而女丁又可抵什麼「役」呢？其次，他們隨時都要服行「軍事勤務」，如漁民要服行大小島嶼間的運補、換防及支援戰鬥等勤務；「八二三砲戰」期間，民防隊輪流在料羅灣的煙硝彈雨中卸運各項物資等。在這些勤務中，他們有的捐軀了，有的傷殘了。雖說，他們是為「反共抗俄」而犧牲奉獻，但又何嘗不是在為「保衛大台灣」而奮鬥犧牲？可是，他們並未得到合理的撫卹與照顧。而那些因特殊事故（軍民感情糾紛、誤觸地雷、打靶或演習誤傷等）而受傷害的民眾，或雖有補償，也往往是象徵大於實質。凡此種種，能教金門島民不怨不艾，心悅誠服嗎？尤其，當他們看到政府為「二二八事件」的受難者「立碑」，並給予受難者家屬高額的補償金時，不平的心情就更難平復了。這也就是為什麼在這個小說裡，發出好幾次的「歹命，歹命！天哪，我那會彼呢歹命！」的哀號，和「金門人都是沒有尊嚴的次等公民」的怨嘆了。

聽完了作者的「不平之鳴」，再來聽聽他的「鄉土講古」吧：

——外戚的神主牌位是不能供奉在這（自己家）裡的。（第一章）

——種花生犁的是「土豆股」；種高粱犁的是「露穗股」；種地瓜犁的是「蕃薯股」。施肥時還必須先「獻股」，然後再「橄股」。（第二章）

——每年的重大節日，例如：清明、中元、冬至和過年，我媽媽都會做豆腐敬拜祖先……（煮豆汁時）火不能燒得太猛烈，以免鍋底燒焦了……要不斷地用鍋鏟攪拌，以防沾鍋而燒焦。（仝前）

——「加追」（斑鳩）最喜歡吃的就是芝麻，只要找幾根長竹竿或木棒插在田梗，然後把破網別緊在竹竿上，無論網成什麼形狀都可以，一旦加追吃飽了或有人來了，牠就會快速地飛起，只要不小心把頭誤觸魚網，牠想飛也飛不走，想跑也跑

不掉了。（第四章）

——頭料（秤繩）是五斤起秤，秤星兩點就是二兩，四點就是半斤，八點就是一斤。而二料（秤繩）是一斤起秤，秤星一點就是一兩……。（第五章）

——（蕃薯）挖回來後，必須經過一段時間的「消水」（即風乾後收漿），蕃薯煮起來才會鬆、會甜。（第六章）

——「二九下昏（小年夜）」，食豆渣圓配雞湯。（第十章）

——二月二，煮貓粥，糊貓鼻。（第十一章）

此外，還有第十一章所記的「彌留」、「入殮」（第一章也有）時應辦及應注意的事項，及「家祭」、「出殯」時的禮儀等，都是作者在「人不能忘本」（第十四章）的大意識下，為保存和傳承一些鄉土文化的「有心之作」。雖然，麥當勞的薯條很拉風，但在麥當勞附近的騎樓下，那烤地瓜的縷縷濃香，也釣到了不少的味蕾。雖然，那把舊式的秤快要走進歷史博物館了，但它的構造原理跟金門田野中那個打水的桔槔完全相同，外貌也酷似。如果在「西園鹽田」製作一把大秤，供作遊客量體重的娛樂工具，也很有別開生面的趣味。其他如習俗、祭禮、葬儀等，都有文獻的學術價值。

最後，冷眼旁觀，金門這個廿世紀的「歹命之島」，由兩岸的「爭地」，一變而為兩岸的「臍帶」，再變而為彼岸的「燙手山芋」，此岸的「不給飼料，只管抽血拔毛」的「鵝」。命運之神真是太愛捉弄金門的島民了。可惜的是，這個小說出生得有點「恨晚」了。尤其是希望陳滄江先生來挑起這個「下情上達」的重擔，只恐陳先生也有些不勝負荷之感吧？

原載二〇〇八年四月十三日《浯江副刊》

目次

寫在前面

二〇〇七年初夏，我接獲「金門縣鄉土文化建設促進會」的開會通知單。會議的主旨是召開「戰地政務戒嚴時期金馬地區白色恐怖及軍事勤務受難者口述歷史個案調查」第一次專案籌備會議。蒙受該會理事長、民進黨金門縣黨部主任委員陳滄江先生的厚愛，賦予我一個職司「訪談、資料收集、整理、撰稿」的研究員之責。這個任務看似簡單，執行起來卻有點棘手，除了涉及真人實事外，又牽涉到敏感的政治問題。因此，獲邀擔任此職的朋友們，都必須格外地小心謹慎，不只是資料的蒐集與整理，訪談後的求證工作似乎比任何事更重要，這是所有工作人員都必須體認的事實。

看完附錄資料中的幾個案例，對於戒嚴軍管時期遭受白色恐怖迫害的那些案情，的確令人感慨萬千。但爾時畢竟是一個不一樣的年代，沒有歷經過那段白色恐怖歲月的人，永遠不能體會出受難者及其家屬內心所承受的苦難和傷悲。多少受難者，經不起精神與肉體的雙重折磨而含恨九泉；多少無辜的家屬，受到社會歧視的眼光而悲憤終生。然而，除了同情他們的遭遇外，又能給予他們什麼呢？當實施三十六年的戰地政務於一九九二年終止後，部分受難者本人或其家屬，始透過民意代表及各種管道四處陳情，冀望獲得平反後能得到一點精神上的慰藉或補償。但無論是執政當局或軍方，總會搬出一套難以服人的理由來搪塞或為己辯護，真正獲得平反或補償的案例並不多見。倘若與台灣二二八事件、政府出面道歉又發給高額補償金的案例相較，簡直是天壤之別。坦白說，生長在這個小島上的居民，也是弱勢無助的一群，但願陳滄江先生能透過此次的個案調查，為更多無辜的受難者平反冤屈，始免辜負島民對他的期望。

看完幾個不同的案例，瞭解到他們的身分與背景後，如果以現在的目光來檢視，個個都是當年白色恐怖下的受害者與犧牲者，不容許軍方狡辯，政府也理應給一個交代。然而，在那個「反共抗俄，消滅朱毛」與「蔣總統萬歲、萬歲、萬萬歲」的年代，憲法賦予島民的自由，完完全全被戒嚴時期、戰地政務體制下的單行法剝奪掉。一句無心話，兩個敏感的字，同樣會換來牢獄之災，可說是欲加之罪何患無詞，純樸的島民何辜？民房被駐軍佔住，婦女還要遭受騷擾和欺凌，甚至以槍械相向，金門婦女何辜？但是，在該會附錄的二十餘個不同的個案中，卻獨獨缺少一個我最熟悉的案例，那是發生在三十餘年前一件悲傷慘烈的往事。如今，戰地政務實驗終止已十餘年了，多少受難者主動要求平反、回復名譽，多少親人為往生的冤魂討取公道，為什麼竟沒人來為一個遭受暴力摧殘而罹難的老年人伸冤？難道她不算是白色恐怖下的受難者？還是她的至親好友早已遺忘了這件事？抑或是另有其他因素讓這段冤屈隨著白骨而腐蝕？

在百思不解下，我順手燃起一支煙，猛力地吸了好大一口，而後微閉著雙眼，再輕輕地把它吐出來。當那一縷縷白茫茫的煙霧從我口中緩緩地吐出時，霎時，彷彿有一個熟悉的老人身影在我眼前浮現著，而這個一生坎坷又歷經苦難的老婦人，正是我的一位遠房親戚。於是，三十餘年前的一段往事，就像那繚繞的雲煙，一幕幕展現在眼前，讓我在不知不覺中，快速地墜入到往日時光的深邃裡……。

第一章

八二三砲戰那年，在長達四十餘天的密集砲火中，近五十萬發的落彈，讓多少鄉親家破人亡；滿山遍野的牛羊屍首，教人怵目驚心。即使共軍射擊的目標是我軍的工事和砲陣地，但往往射程都會有偏差。經常地，沒有擊中目標物，反而誤傷了鄰近的平民百姓，於是，周遭有砲陣地或築有工事的村落，所受的傷害最為嚴重。多少人因此而傷亡殘廢、造成終生的遺憾；多少田園厝宅被夷為平地、生活頓失依靠；多少鄉親因此而疏遷赴台、在異鄉討生活。島民除了搖頭慼嘆外，唯一的憤懣，就是怪這場無情的戰爭。

王家村前是一片寬闊的田疇，村後是一個小山丘和一片濃密的相思林，除了防砲部隊在村郊的東面架有一門高射砲，以及北西南面的三挺重機槍外，並無大口徑的砲陣地，也沒有其他重要的工事，雖然不是共軍射擊的主要目標，但遭受零星或盲目的砲擊是不能倖免的。

整體說來，所受的傷害遠較其他有砲陣地的村落為輕，也因此成了一些房屋被匪砲擊垮，而無家可歸的至親好友，暫時避難的處所。

一個悶熱的傍晚，一位叫翠嬌的中年婦人，背著一個大包袱，帶著她的獨生女婉玉，行色匆匆、驚魂未定地跨入王家大門。這種情景，村人早已見多了，她絕對是趁著砲火暫停的空隙時間，帶著女兒前來投靠親戚的。而這個親戚，並非平日往來熱絡的至親，只是一個大她三歲的遠房表親而已。迫於家園被戰火摧毀的無奈，在舉目無親的情況下，不得不來求助她、投靠她。

當翠嬌見到表姐的剎那，雙腳竟無力地跪倒在地，只見她嘴唇顫抖，淚流滿面，以懇求的語氣說：

「美枝姐，欄裡的牛羊豬隻全被共匪的砲彈打死了，田園屋宇也成了一片廢墟，也沒有本事跟人家疏遷到台灣，現在連個棲身的地方也沒有了，只剩下我們母女兩條命，不得不帶著孩子來投靠妳。」

「翠嬌，快起來，快起來！人平安就好，人平安就好！只要我們家有一口地瓜湯喝，絕對少不了妳們母女的一份；只要妳不嫌棄這個家，想住多久就住多久。」美枝俯下身，順手攙扶她站起，而後搖搖頭，憤怒地說：「一切都怪這場戰爭、都怪那些夭壽袂好的共產黨，讓多少鄉親家破人亡、流離失所。」

翠嬌站起後，用衣袖拭去淚水，轉身對一旁的孩子說：

「婉玉，快叫美枝姨。」

沒等婉玉開口，美枝一把把她摟進懷裡，而後摸摸她的頭，愛憐又感歎地說：

「可憐的孩子，幾年不見，都長這麼高了……。」

霎時，美枝這句話，又觸動了翠嬌的傷心處，只見她的淚水，像斷線的珍珠，一顆顆滾落在胸前的衣裳上，她的悲傷不是沒有原由的。

當翠嬌生下婉玉彌月後不久，夫婿即拋下她們母女遠赴南洋謀生，十餘年來只收到他一封平安信，而後音訊杳如黃鶴。她咬著牙，靠著先人遺留下來的幾畝旱田，辛勤地耕耘勉予維生，並以堅強的意志力，含辛茹苦，把婉玉拉拔長大，原以為苦盡即將甘來，然而，這場戰爭卻毀了她的夢想和家園，悲憤的情緒久久不能自己。

「別難過了，苦日子總會熬過去的。」美枝低聲地安慰她，而後提起她的包袱說：「先把它放到房裡去，我們趕緊煮晚飯，吃飽了好進防空洞。那些萬惡的共匪是不講情理的，完全不顧我們百姓的死活，想打就打，說打就打，像一個發了神經病的潑婦，國軍的砲陣地沒打到，平民百姓卻先遭殃，教人不生氣也難啊！」

翠嬌心有同感地點點頭，而後問：

「阿順哥呢？志宏也好久不見了，一定長高了不少。」

「父子倆利用砲火停歇的空檔，上山挖蕃薯去了。」美枝答著，轉頭看看婉玉，「雖然志宏較婉玉晚出生十幾天，但身高卻足足差了她半個頭。都已經十二歲了，還是小蘿蔔頭一個。」

「男孩子發育較晚，一旦轉大人，就像小豬吃了豆餅，很快就會長大變壯的。」翠嬌說。

美枝端出一畚箕大小不一的蕃薯，翠嬌和婉玉坐在大廳門檻的石板上，用老舊的「蕃薯刀仔」，幫忙刮蕃薯皮。她自己卻走到大廳後面那排儲存五穀雜糧的大缸前，掀開一個較小的缸蓋，用鋁製的小菜盆，從缸底舀起半盆已發霉而且結有黃色硬塊的軍用大米。不一會，一隻隻黑色的「蛀龜」，不停地往盆子上爬，甚至有好幾隻已爬上她的手背。然而，那幾隻小小蛀龜的爬動，對於她那雙粗糙的手來說，似乎沒有造成任何阻礙。只見她不慌不忙地從水缸舀起一瓢水，倒入盛米的盆子，順手淘了好幾下，水面快速地浮起一隻隻黑色的蛀龜以及好幾條「鍊仔蟲」。那些浮在水面的蛀龜，彷彿是一粒粒黑色的小芝麻，看習慣了，並不覺得討厭。

她雙手不停地揉搓著盆內那些長著鍊仔蟲和蛀龜，而且還帶有黃麴素與綠黴菌的軍用大米，然後把略顯淡綠的洗米水倒掉復又換上清水，如此的動作重複了好幾遍，依然無法完全清除那些蛀龜以及深入大米內的黃麴毒素。儘管缸內剩下的這些米已發霉，但現在並非有錢就可買得到米，那是駐軍伙食團剩餘的軍用米糧，由戰備米推陳換新下來的，屬於不得轉售的軍用物資。去年過年時，部隊為了籌錢加菜，管庫房的補給士不得不偷偷地拿出來賣，倘若不幸被憲兵抓到，賣方和買方都要倒大楣，軍法伺候是少不了的。當他們家和三叔公及二嬸婆偷偷地平分那袋四十五公斤裝的大米時，麻袋外面已有蛀龜在爬行，裡面更不用說。這些小小的蛀龜對農家來說似乎見怪不怪，甚至一點也不在意牠的存在。農家的主食「蕃脯糊」或「蕃薯籤」一旦「隔冬」，照樣會生鍊仔蟲和長蛀龜。如果收成的季節未到，在糧食不足的年代，即使蕃脯糊或蕃籤生了蛀龜和鍊仔蟲，煮熟時只要把浮起來的蛀龜或鍊仔蟲撈起，其他的則照吃不誤，農家也從未發生過吃了蛀龜或鍊仔蟲而死亡的例子。

那晚，美枝家煮了一鍋地瓜稀飯，用豆豉和花生當佐餐。而桌上那碗豆豉，剛舀出來時，很清楚地可以看見一條條白色的「豆豉蟲」在蠕動，通常必須先用筷子把碗中的豆豉蟲撿出來再食用。儘管發霉的軍用米糧吃起來酸酸澀澀的，沒有一點米香，但在蕃薯裡面能加點大米已算不錯了，其他還想奢望什麼、冀求什麼？誠然有親戚來避難，理應以較豐盛的晚餐來款待她們。然此時，身處的是一個不一樣的年代，能夠在砲火中求生存已非易事，況且，置身在這個貧窮的農家，除了自己耕種收成的五穀雜糧和蔬菜外，又能以什麼佳餚來款待客人呢？相信自己的表妹，必定能體諒她的苦衷。

然而，當他們正吃著蕃薯稀飯，剖著花生沾「豆豉湯」佐餐時，遠方已陸陸續續地響起轟隆轟隆的砲聲。不一會，強烈的火光已在屋頂上空閃爍，繼而地是「咻」的一長聲，以及「轟隆」的落地聲。依他們的經驗判斷，就在村莊的不遠處。

美枝連忙地從椅上站起，順手拉起志宏和婉玉，驚恐地推著他們說：

「你們先到防空洞去，快！」

「來，跟我走！」志宏看了婉玉一眼，不加思索地說。而後拉著她的手，直向屋外的防空洞奔馳。

阿順和翠嬌也同時放下碗筷，相繼地站了起來。

當翠嬌伸手準備收拾碗筷時，美枝趕緊阻止她說：

「別急著收，先到防空洞躲一躲再說，好幾天沒有打那麼近了。」

美枝剛說完，又是一陣「咻」——「轟隆」的巨響。

他們本能地手抱頭再蹲下身。

「快走，共匪是沒有人性的，砲彈也沒有長眼睛！不趕快進防空洞的話，等一下就來不及了！」阿順催促著說。

然而，說時遲那時快，當他們弓著身貼著牆壁，想快速地跑到防空洞時，一聲震耳的轟隆聲，夾帶著一股刺鼻的硝煙和砲彈落地震起的泥土，把他們阻擋在防空洞外。而這發砲彈就落在距離防空洞不遠處，如果再往前幾公尺，一旦擊中防空洞，造成的傷亡勢必更慘重。霎時，砲彈的碎片四處飛射，落地的鏗鏘聲，聲聲在耳。在硝煙與泥沙籠罩下，大地更是一片漆黑，只聽到兩聲慘烈又淒厲的哀嚎聲，翠嬌已倒在血泊中，阿順的屍首亦已分離，只有美枝幸運地逃過一劫，雖然因過度驚慌而摔倒在防空洞裡的石階上，受了點皮肉傷，然卻保住了性命。

當她聽到防空洞外那兩聲淒厲而熟悉的哀嚎聲時，已深知事情不妙。她忍痛站起身，驚叫了一聲「慘啦」，而後奮不顧身，就想往外衝。

「不能出去！」同在防空洞避彈的二嬸婆，猛力地揪住她的衣服，大聲地警告她說：「砲彈的碎片還沒完全落盡，不能出去！不能出去！」

「歹命，歹命！天哪，我那會彼呢歹命！」美枝搥著自己的胸膛，神情恍惚地驚叫著。

防空洞內一片譁然，志宏和婉玉驚恐地來到美枝身邊，美枝用力地把兩個孩子摟進懷裡，竟嚎啕地哭了起來，嘴裡不停地唸著：「歹命，歹命！天哪，我那會彼呢歹命……。」

第五發過後，砲彈終於轉了方向，第一個衝出防空洞的是美枝，在滿天繁星閃爍下，首先被發現的是倒在血泊中、已停止呼吸的翠嬌，再來是身首異處的阿順。美枝見到如此的情景，雙腿無力地跪在血肉糢糊的阿順身旁，一聲聲「我苦，我苦，心肝我苦喂！」的淒厲嚎啕聲過後，竟不省人事地暈倒在地。可憐的婉玉伏在母親沾血的屍身上，失聲地痛哭著；而淚流滿面的志宏，則悲傷地跟著鄰人到處尋找父親的雙腿。

遠方的砲聲依舊，一股濃濃的血腥味隨著晚風四處飄散，週遭擠滿著關心的村人，以及主動來協助救援的衛生連醫護兵，原本被視為是島民避難所的小小村落，今晚卻無辜地被匪砲奪走兩條寶貴的性命，是他們的命運乖舛？還是戰火無情？可憐的翠嬌，在家園被砲火摧毀下帶著孩子來避難，僅在表姐家吃了一餐發霉的戰備米與蕃薯混合煮成的地瓜稀飯。原以為這裡是她和孩子暫時的依靠和避難所，卻不幸與表姐夫同時成為砲火下的冤魂。而他們的死要怪誰呢？島民除了搖頭感歎、流下幾滴傷心淚外，唯一的，或許要怪那萬惡的共產黨，為什麼要發動這場無情的戰爭！

而婉玉何辜？在失去家園的同時，又失去相互依靠的唯一親人，上天待她為什麼會那麼地殘酷？一生忠厚樸實、辛勤耕耘的阿順，竟遭受到屍首分離的悲慘命運，留下志宏、美枝孤兒寡母，以後的日子教他們如何度過。可憐的婉玉，自小沒有父親的呵護，馬上又必須面對失恃的傷痛。如今，在這個小島上，只有美枝姨是她唯一的親戚，未來的日子必須靠她來拉拔和扶持，相信美枝是不忍心看到她在這個被砲火蹂躪過的小島上自生自滅的。往後志宏和婉玉這兩個孩子，勢必也是她肩上最大的負荷。

儘管阿順和翠嬌是被共匪的砲彈打死的，但還是要經過村公所報請相關單位驗屍後始能下葬。在這個戰亂的時局，在一個以農維生的貧困家庭，哪有能力一口氣買兩副棺木供往生的親人使用。在村人的協助下，以克難的方式，用幾塊老舊的木板，以及駐軍廢棄的子彈箱，勉勉強強釘了兩口棺木。沒有請地理師擇日看風水，也沒有舉行任何的出殯儀式，就近請了一位道士來超渡引導，便草草地把阿順和翠嬌分別葬在自家的田埂上。然而，當棺木抬到半途時，竟又遇上共軍的砲擊，抬棺的人已顧不了棺木不能半途停歇的禁忌，不得不先把它抬到路旁擺一邊，帶著孝男孝女以及少數幾位送終的親戚，快速地躲在附近的戰壕溝裡。

此時，經過砲火的折磨和心生的恐懼，孝男孝女傷心的淚水已流盡，諸親友同情的淚水亦已擦乾。當他們再次聽到砲彈的咻聲和落地的轟隆聲時，總是本能地雙手抱頭而後蹲下，盡量地把身體往溝壁間靠，早已顧不了棺木裡親人的屍體未入土，甚至在烈日底下曝曬，一切都得等砲彈轉向再說。而此時此刻，轟隆轟隆的砲聲卻時近時遠，連續多時未曾停過，幾乎連往生者也得不到一點安寧，遑論是生者。如果砲戰不盡快結束的話，不知還會有多少生靈或死者，受到如此的折磨。

砲聲終於轉向了，抬棺者在道士鈴聲的引導下繼續前行。當抬棺者重新抬起阿順那副簡陋的棺木時，竟從底座的縫隙中，不停地滴出一滴滴惡臭的屍水。抬棺者右手撐著扁擔，左手則摀住鼻子，不得不加緊腳步快走。即使已是秋天，但悶熱的氣候讓傷痕累累的屍身腐爛得更快，加上棺木簡陋，又沒有足夠的金銀紙錢可墊塞。如依死者入殮的經驗，還必須在棺木裡撒上一層白灰粉，以防屍水滲出。但在這個砲火未曾停歇的節骨眼，為了村人安全起見，誰會冒著生命的危險去買些白灰粉來供往生者使用。唯一的冀望是趕緊把他們埋葬，以防止傳染病的衍生。或許是基於這些理由，才會出現屍水滲出的少見狀況。

在因陋就簡的同時，如果棺木沒有用繩索捆綁在那支粗大的杉木上，僅憑幾支鐵釘來固定底座的話，豈能承受屍體的重量？萬一沒有捆綁牢固，或是繩索斷了，抑或是底座脫落，一旦讓屍體掉出來，勢必造成往生者第二次傷害。在這個烽火連天的苦難時代，什麼狀況都有發生的可能，島民必須坦然面對，才不會為自己、或替別人製造更多的苦惱。只要往生者能入土為安，其他又有什麼好計較的！

當抬棺者把兩副棺木分別放進墓穴、解開繩索時，同樣地，並沒有舉行任何儀式。來幫忙的村人都清楚，在這個兩岸軍事對峙的緊張時刻，軍方是不容許一般平民百姓在山上點火或燃燒金銀紙錢的，以免讓敵人發現目標。於是，道士手搖著小銅鈴，帶領著孝男孝女以及親人環繞墓穴一圈後便告結束。兩個家庭雖然只是表親，但發生這種傷心事卻是始料未及的，因此並沒有刻意地再分彼此。兩個孩子同時扮演著兩位往生者的孝男孝女，親戚也未曾計較什麼，只求能把親人快速地安葬，讓往生者入土為安，也好讓來協助他們料理喪事的村人能盡快回家，以免在這個無處可躲避的空曠山頭，遭受匪砲的襲擊而發生任何不幸。

料理完阿順和翠嬌的後事，美枝含淚地指著神龕，告訴婉玉說：

「若依我們的傳統習俗來說，外戚的神主牌位是不能供奉在這裡的，但今天，生在這個烽火連天的亂世，我也顧慮不了那些禁忌了，總不能把妳母親的神主牌位放在荒郊野外，任由風吹雨打太陽曬。不過妳也要記得，將來長大後，如果有能力、有自己的房子，必須把妳母親的神主牌位迎回家供奉，這是為人子女者應有的孝道，希望妳永遠記住。」

「謝謝您，美枝姨，我會記住，我會永遠記住的！」婉玉說後，竟伏在美枝的胸前，失聲地痛哭著。

仔細地想想，如果不是這場戰爭摧毀翠嬌的家園，讓她不得不帶著孩子來表姐家避難，勢必不會死得那麼悽慘。而一生務農的阿順何辜？他可曾得罪了毛澤東還是朱德，抑或是周恩來？為什麼共產黨的軍隊竟用大砲把他打得體無完膚、屍首分離？而今兩人的葬禮，簡直比清平時富家人死了一隻狗還不如！他們能瞑目嗎？如果真有神靈的存在，就請他們直接從天堂，去找共產黨算帳吧！因為這場戰爭的罪魁禍首就是他們。

第二章

面對人生如此重大的驟變，儘管美枝心中有怨亦有恨，但必須忍受內心的悲痛和煎熬，含淚地挑起這個家的重擔，接受未來人生歲月的挑戰，更要負起兩個孩子的教養之責。尤其是婉玉這個可憐的孩子，父親生死不明，母親則喪生在匪砲下，已道道地地成為一個無依無靠的孤兒。雖然自己的夫婿也不幸罹難，家中頓失依靠，又必須扶養自己的兒子，這些都不是一個弱女子所能負荷的了，或許不久之後，生活的重擔會壓垮她的肩頭。然而，她能放著婉玉而不管嗎？即使只是遠房表親，但面對這種令人悲傷的情景，她勢必義無反顧地把婉玉拉拔長大。自己的孩子有飯吃，就絕對不會讓婉玉挨餓；自己的孩子有書讀，就絕對不會讓婉玉失學。惟有如此，始能告慰九泉下的表妹。

婉玉小小的年紀，除了善解人意外，也知道自己的身分，以及在這個家庭所扮演的角色。雖然不是自小在這個家庭長大的成員，但在美技姨溫馨的慈暉裡，在志宏手足親情的相待下，很快地就與他們融為一體，三個人相依為命。

經過四十餘天不分晝夜的砲戰，我方國軍是愈戰愈勇，共軍卻已精疲力竭，在不得已的情況下，不得不透過廣播，宣布「單打雙不打」。不管軍方的反應如何，這個消息對島民來說，的確是喜出望外。他們實在過怕了這種天天都要躲防空洞的日子，甚至還要冒著砲火的危險上山農耕或收成，全家大小才不會挨餓。如果共軍真能實踐「單打雙不打」的諾言，至少島民可以在兩天之中，過一天安寧的日子，在雙號停止砲擊時，也可以放心地上山工作，或在近海的岩石上，撿拾一些海螺佐餐。

反觀國軍弟兄，誠然是為中華民國而戰，為保衛這塊土地而戰，但他們有牢固的碉堡和坑道可住，既不愁吃又不愁穿，一旦因公陣亡，家屬還可以領到撫恤金；倘若受傷，有軍醫院可醫治，較嚴重者，可搭乘軍機後送赴台醫療。而島民呢？一旦人員傷亡，房屋被擊倒，農人不能上山耕作，漁民不能下海捕魚，商家無生意可做，家畜或家禽被匪砲擊斃，因此而三餐不繼、家破人亡者，他們要向誰去申訴或求償呢？儘管戰爭沒有贏家，但這場戰爭真正的輸家，絕對是兩岸無辜的平民百姓。

大凡農家一些粗重的工作，幾乎都是由男人來擔負，美枝家也不例外。而今，夫婿被共軍的大砲打死了，志宏只是一個十二歲大的孩子，這個家的大小事宜無形中全落在她的肩上。煮飯洗衣或餵養家畜家禽，對她來說是輕而易舉的事，然而，山上的「穡頭」，不是她這個弱女子可勝任的。可憐的美枝，為了家，為了兩個孩子，必須戴上「箬笠」，捲起「褲跤」，重新學習「犁田」。而犁田並非只是單純的一來一往，必須隨著播種的季節以及不同的作物，犁出各種不一樣的「田股」。譬如種花生犁的是「土豆股」；種高粱犁的是「露穗股」；種地瓜犁的是「蕃薯股」，施肥時還必須先「獻股」，然後再「撤股」，幾乎每一種作物，都有不同的耕作方式。目睹如此的情景，村人莫不投射出一絲憐憫的眼光，但在農忙的時候，自己都做不完了，那還有閒暇顧及到別人。美枝心裡清楚，與其依賴別人，還不如靠自己，於是她不畏辛勞，克服種種困難，慢慢地，終於學會全套農耕本事，雖然談不上專精，但勉勉強強過得去。倘若再經過一段時間的磨練，往後勢必就能駕輕就熟，不必事事求助於別人，這點似乎讓她頗感安慰。

美枝為了不落人口實，經常地，她會帶著自己的兒子上山協助農耕，把婉玉留在家裡做些輕便的家事。然而，說輕便倒也不輕便，一個家庭的日常瑣事，亦非一個十二歲的小女孩所能擔負的。挑水、洗衣、煮飯、掃地、餵養豬隻和雞鴨，讓她忙得團團轉，但是，她卻未曾有過任何一句怨言，每一樣工作都做得有條不紊，甚至如有餘暇，還會提一壺茶水上山，一方面讓美枝和志宏解渴，另一方面順便幫幫忙。小小的年紀竟有如此的思維，並懂得為人處世之道，讓美枝備感窩心。久而久之，美枝待她如同自己的親生女，甚至所受到的疼愛遠勝過志宏。

時光在匪砲的「咻聲」和「轟隆聲」，以及「單打」和「雙不打」的騷動中快速地逝去。認真說來，共軍並沒有遵守「單打雙不打」的承諾，一旦發現國軍官兵在築工事或有重要之目標物，往往不分單雙號，都會加以砲擊。而這種無預警的偷襲行為，讓島民事先無法防範和躲避，因此而傷亡的人不計其數。尤其是一種不必落地，且能直接在空中爆炸的砲彈最恐怖。它能在短短的時間裡，爆裂成一小塊一小塊更具殺傷力的鋒利碎片，然後朝地面四處飛射，島民不知其砲名，就稱它為「空中爆炸」。倘若不幸碰上這種砲彈，無論生靈或家畜，一旦被擊中要害，想不死也難啊！其威力之猛烈，可想而知。

臨近時序的冬至，儘管烽火連天，島民過著三餐不繼的苦日子，然並不能放著神龕上的列祖列宗不管。雖然沒有大魚大肉可供祭拜，在這個亂世與貧窮的環境裡，美枝只好用自家收成、俗稱的「芋瓠草菜」來充數，相信先人一定會體諒他們家的處境。

即使生活困頓，然而，美枝並未曾虧待過祖先。那晚她從大缸裡舀出半盆子「白胡豆」，遞給婉玉說：

「婉玉，妳年輕眼色好，看看胡豆裡面有沒有小沙粒和『豆鬼仔』，如果有的話，要把它挑出來、撿乾淨。」

「阿姨，這些胡豆要做什麼用的？」婉玉接過盆子，輕瞄了一眼，而後用手攪動了一下問。

「我們自己做豆腐。」美枝看看她說。

「阿姨，您會做豆腐？」婉玉笑著問。

美枝含笑地點點頭。

婉玉眼明手快地，不一會就把胡豆裡的沙粒和劣質物撿拾乾淨。

「把它倒進水桶裡，然後用清水浸泡；泡軟後，明早我們一起去磨。」美枝囑咐她說。

婉玉滿懷的好奇心，因為從她懂事後，家裡就從來沒有做過豆腐。

翌日清晨，美枝已把浸泡在水桶裡的胡豆撈起，並重新用清水洗了一遍，然後用篩子盛著。

「婉玉，妳和志宏抬一桶清水到『護龍』的石磨旁。」美枝把篩子放在水桶上，交代她說。

「阿姨，我自己去挑就可以啦。」婉玉說。

「叫志宏幫妳抬，他現在又沒事，別讓兩桶水壓彎了妳的腰，將來會長不大的。」美枝嚴肅地說。

「不會啦，」婉玉不在乎地，「我挑兩半桶就好了。」

「傻孩子。」美枝愛憐地，而後轉頭，高聲地對在房裡的志宏說：「志宏，幫婉玉抬水去。」

志宏出來後，婉玉遞給他一根扁擔，自己卻提著大水桶，一前一後來到水井旁。當婉玉放下小水桶下井打水時，志宏則在一旁觀看，完完全全沒有一點男生的氣慨。雖然兩人出生只相差十幾天，但仔細看來，無論是發育或心智的成熟，婉玉可稱得上是一個大姐姐，而志宏則是一個小弟弟。

「志宏，你看過阿姨做豆腐嗎？」婉玉打起一桶水後，低聲地問。

「看過，」志宏想了一下，「只要白胡豆收成好的話，每年的重大節日，例如：清明、中元、冬至和過年，我媽都會自己做豆腐來敬拜祖先。」

「我家從未種過這種作物，它還有黑白之分嗎？」婉玉不解地問。

「黑胡豆是做豆豉用的，白胡豆用來做豆腐，但兩種經過浸泡後，都可以炒來吃。」志宏解釋著說。

婉玉打滿水後，志宏把扁擔穿過水桶上的繩索，走在後面的婉玉，主動地把繩索往後移了一大段，好讓自己擔負更多的重量。然後兩人同時蹲下身，把滿滿的一桶水抬了起來。

美枝帶著一隻空水桶，以及一篩子浸泡過的胡豆，還有一支飯瓢，已在護龍厝的石磨旁等候。這台石磨不僅可以磨豆腐，也可以磨大小麥和高粱，是農家必備的民生器物。當婉玉和志宏把水抬進來的時候，眼尖的美枝，一眼就看出婉玉讓了志宏太多。

「婉玉，妳記住，以後無論和志宏抬什麼東西，繩索一定要放中間，他和妳同樣的歲數，理應分擔一樣的重量。況且，他又是一個男孩子，照理說應該讓他自己去挑才對。兩大桶挑不動，兩半桶總可以挑得起來吧！」美枝正經地說。

「阿姨，我的力氣比志宏大，讓他一點沒關係啦！」婉玉不在乎地說。

「媽，您沒看到，婉玉幾乎高我半個頭，她的力氣當然比我大。」志宏為自己辯解著說：「何況是她自己要讓我的！」

「不知好歹的東西！」美枝含笑地白了他一眼，「以後有好吃的，但願你不要忘了婉玉才好。」

志宏看了婉玉一眼，不好意思地笑笑。

美枝用清水把石磨沖洗了一下，然後套上「磨鉤」，告訴婉玉和志宏說：

「你們兩人合力推磨，我來加豆加水，推累了就停下來休息休息。」

婉玉和志宏分別站在把手的兩端，當美枝把胡豆和水用飯瓢舀起放進磨孔時，他們就合力地推著，讓它順著圓形的石磨旋轉。不一會，被磨成漿汁狀的白色液體，就從石磨中間的空隙處，不停地流入石磨桌上的小溝渠，再由缺口流入水桶裡。

每當石磨轉動兩、三圈後，美枝就用飯瓢舀起胡豆和水，準確地把放進磨孔裡，孩子合力地推磨著，或許是第一次磨豆腐，心中充滿著一份未曾有過的新鮮感，因此並不覺得累。當美枝放進最後一瓢胡豆和水時，兩人竟還使力地推磨著，而後讓它空轉了好一會，才氣喘如牛地停下。

「累不累啊？」美枝關懷地問，並順手舀水把沾在石磨上的豆渣沖洗了一下。

「怎麼會不累，手都快痠死了。」志宏甩甩手說。

婉玉沒說什麼，只對著美枝笑笑，隨後突然轉身對志宏說：

「我們小學一年級的國語，其中有一課叫〈做豆腐〉的，你還記得不記得？」

「當然記得！」志宏神氣地說。

於是兩人異口同聲地唸著：

「做豆腐，真辛苦，半夜起來磨，磨好還要煮，加上些石膏，才能成豆腐。」

唸完後，兩人哈哈地大笑。美枝面對著這一雙可愛的孩子，也露出好久未曾有過的笑靨。

「這篇課文，真是做豆腐的最好寫照。短短的幾句，足可讓你們體會到做豆腐的辛苦。」美枝趁機開導他們說：「等一下你們也可以清楚地看到，要經過幾道手續，花費多少工夫，才能成豆腐。」

回家後，美枝把那桶磨好的豆汁倒入洗淨的大鍋裡，並加了一些清水。

「婉玉，妳來幫阿姨燒柴火，」美枝說著，順手拿了一把大鍋鏟，放進鍋裡，「記住，火不能燒得太猛烈，以免鍋底燒焦了；豆腐一旦有焦味就不好吃了。」

婉玉燒著柴火，美枝不斷地用鍋鏟攪拌，以防沾鍋而燒焦。

慢慢地，鍋裡的豆汁滾了，也同時冒起了許多微黃的泡沫。

「婉玉，已經滾了，不必再燒了。」美枝囑咐她說。

婉玉揉了一下眼睛，站起來觀看。

美枝搬來一張「椅頭仔」，上面擺著一個木桶，桶上放著篩子，並鋪上一塊陳舊的「豆干巾」，然後用水瓢舀起，再倒入篩子裡，於是經由豆干巾的過濾，流入桶裡的為豆漿，殘留在豆干巾上面的是豆渣。

「來，」美枝對婉玉說：「我們各抓住豆干巾的兩個角，然後把它提高再輕輕地搖晃搖晃，好讓豆漿流乾淨。」

當她們同時提起豆干巾時，隨即飄起一股濃濃的豆漿香。

「阿姨，好香喔！」婉玉讚美著說。

「想不想喝原味的豆漿？」美枝看了她一眼，含笑地問。

「當然想，」婉玉興致勃勃地說，「我長這麼大，還沒嚐過自家磨的豆漿呢！以前喝的，全是駐軍早餐吃剩的。」

「妳叫志宏拿兩個碗來，先讓你們嚐嚐豆漿的香味，等一下再品品豆花的美味。」美枝說後又叮嚀著，「順便把櫃子裡那個裝糖的小罐子拿來。」

「知道了。」婉玉興奮地拍了一下手，轉身就走。

姐弟倆喝完豆漿，就站在旁邊看美枝在「牽豆花」。美枝用的不是像課文中說的「石膏」，而是用傳統的「鹽露」來取代。只見她右手拿著一支小鍋鏟，左手端著一碗鹽露，每當倒下少許的鹽露，就趕緊用鍋鏟在上面輕輕的撥動撥動，不一會，就自然地凝結成一朵朵淡黃色的豆花，如此之神奇，簡直讓婉玉看傻了眼，過後也品嚐了豆花的美味。

當豆漿變成豆花時，美枝快速地把豆干巾裡的豆渣清除乾淨，再把豆花倒進去包好，復放在院子的石板桌上，上頭再放一塊平整的木板，然後用石塊或大秤坨壓上，經過數小時的重壓，讓豆水逐漸地流乾，自然凝結成整塊的豆腐。

砲火除了造成各種傷害外，也打亂了島民的生活起居。冬至是民俗的重大節日，祭祖更是每個家庭必須遵守的傳統習俗，無論自己平日生活有多麼地困頓，每逢年節，總得讓神龕裡的列祖列宗吃頓飽。雖然買不起大魚大肉，但美枝並沒有讓祖先失望，在婉玉和志宏的協助下，她用小麥磨成的麵粉蒸了好幾個「碰粿」，上面還灑了幾顆「紅花米」做點綴。一碗「蒜仔炒豆干」、一碗「檳榔芋」、一碗用蕃薯粉和「芋角仔」以及「蒜仔尾」，上面還灑了一些炒過的「土豆仁」的「鹹安粉」、一碗「炒高麗菜」、一盤用麵粉包「土仁芙」油炸成的「棗仔炸」、一大盆煮熟的「土豆」、一鍋「菜球湯」，即使樣式不多，但都是用「大塊盤」和「大碗公」來盛裝，因此，幾乎擺滿了整張「八仙桌」。

美枝燃起一炷香，口中唸唸有詞，她祈念的無非是保佑全家大小平安，砲戰盡快結束，孩子快點長大，田裡的作物年年豐收。其他的，再如何地虔誠膜拜，也不能撫慰她孤單寂寞的心靈……。

第三章

砲戰依然持續地「單打雙不打」，島民想活命，就必須在各行各業善盡本份、努力工作，才有飯可吃。

美枝原本貧窮的家境，再加上阿順被匪砲擊斃的不幸遭遇，早已是政府登記有案的貧戶。然而，貧戶歸貧戶，政府從未有任何的救濟或補助，如果不靠自己的勞力討生活，餓死了活該，誰會來可憐你？有一天，她接獲村公所的通知，請他們上午九點帶「戶口牌」，自備麻袋，按時到鎮公所領取美援救濟品。接到通知時，的確讓美枝高興了老半天。她聽說，美國是世界上最富有的國家，許多窮困國家經常接受他們的救濟。這一次終於輪到窮苦的金門人了，而且有她們家的一份，教她不興奮也難啊！

惟恐一只麻袋裝不下，美枝準備了兩只，另加兩條捆綁袋口的繩索，吊在扁擔上，踩著三步併兩步的喜悅步履來到鎮公所排隊，等著領取美援的救濟物品。經過核對戶口牌，在名冊上蓋手印，復又等救災總會的官員來訓話，枯等了一個多小時後，領取的竟是三件美國人不穿的舊衣服。但是美枝並不覺得失望，快速地把它裝進麻袋裡，彷彿怕被別人搶走似的。沿途上，她想著：那件大花裙可以幫婉玉改縫成一套衣褲；那件領子掉了毛、袖上破了一個洞的短大衣，可以給志宏穿，雖然袖子長了點，但可以捲起來；只有那件幼兒襯衫較沒有用處。她搖搖頭，長嘆了一口氣，非常感謝「美國番仔」施予的恩惠，不知什麼時候還會有這種「好康的代誌」，以後如果碰到坐著美國番仔的座車經過，她一定要叫婉玉和志宏學習別的孩子，高聲地向他們說聲：「OK，說不定還會賞幾顆糖給他們吃呢！」

不久，好康的代誌又來了。這一次領取的是兩罐五磅重的牛油、三袋四磅重的全脂奶粉，其包裝之精緻，是美枝此生未曾見過的。但是這種從未見過與吃過的美國牛油和奶粉要怎麼食用呢？婉玉和志宏用開水各沖泡了一碗，但開水一沖，馬上就凝結成塊狀，無論用湯匙和筷子如何攪拌，都無法把它攪散、攪和。他們沖泡的，彷彿不是奶粉，而是煮熟的麵疙瘩。

「阿姨，這種美國奶粉，怎麼攪了老半天還是攪不散。」婉玉無奈地看看美枝，復又看看碗裡的奶粉，低聲地問：「這樣可以喝嗎？」

「聽說奶粉富有高度的營養價值，美國番仔就是喝這種東西才長得那麼高大的。今天他把這種富有營養的東西拿來救濟我們這些窮人，就是希望能補充我們身體的營養分。雖然我們不知道要用什麼方法才能把它攪散，但我相信只要把它喝進肚子裡，就會產生一定的效果。」美枝一知半解地解釋著，而後肯定地說：「當然可以喝，美國番仔不會害我們的啦！」

婉玉和志宏聽完美枝的解釋後，毫不猶豫地端起碗，咕嚕咕嚕地全喝下肚。喝完後，志宏伸出舌頭舔舔嘴唇，婉玉把兩只碗疊在一起。

「怎樣，味道不錯吧？」美枝問。

婉玉微微地笑笑。

志宏搖搖頭。

「有營養的東西可能較難喝吧！」美枝從他們的表情中，已洞察出他們的心理。

不一會，只見志宏手按腹部，快速地跑出門外，順手在地上撿了幾塊小瓦片，直往豬欄旁的露天「屎礐」奔去。當他還未脫下褲子，難以忍受的「屎水」已從褲管流了出來。於是他縮緊肛門強忍，復脫下褲子蹲下，只聽他的「尻川口」響起一聲聲噗嚕噗嚕的「落屎聲」，而後一股微黃而混濁的排泄物，毫不留情地狂瀉而出。他排泄出來的何止是那些美國奶粉，還有一顆顆尚未消化的「蕃脯糊粒」和沒有嚼碎的「豆豉粒」。

蹲了好一會，那些在肚子裡作怪的東西終於「落光光」了，他拿起擺在地上的小瓦片，朝自己的「尻川」一拭，順手丟進屎礐裡。如此的動作連續三次，當他看到瓦片所沾的穢物盡是屎水、而且又一次比一次少時，知道自己的尻川已經擦拭乾淨了。於是他起身穿上褲子，感到肚子不痛了，也輕鬆多了。然而他卻始終不明白，這些美國奶粉，到底是營養品？還是「落屎藥」？以後碰到美國番仔的座車經過，絕對不再向他們說「ＯＫ」了！

從婉玉的腹痛到志宏的落屎，美枝已知道這些美國奶粉的副作用，再也不敢讓孩子們亂泡亂喝。當欄裡那隻老母豬生下十二隻小豬而奶水不足時，她索性用那些美國奶粉加清水攪拌，來取代母豬的奶水供小豬食用。或許是畜類的抵抗力較強，小豬吃後，並沒有什麼異狀，每隻都長得肥肥壯壯的。但是說來也奇怪，那些美國奶粉用熱水沖泡會凝結成小塊狀，而用冷水沖泡則不會。於是她試著先用冷水攪散，然後再把它煮沸，復加上少許的砂糖，自己先試喝了好幾口，除了感到有一股濃濃的奶粉香外，喝過後身體並沒有任何的不適，也沒有任何意外狀況發生，於是她興奮地把這個好消息告訴孩子。

「我知道美國人是不會欺騙我們的，而是我們沖泡的方法不對，你們喝喝看。」美枝說後，為他們各舀了一碗。

「跟上一次泡的完全不一樣，它沒有凝結成一塊塊，喝起來香香濃濃的。」婉玉端起碗，連續喝了好幾口，而後對仍在觀望的志宏說：「不信你喝喝看。」

「我不敢喝，」志宏依然心有餘悸地，「上次喝過後，除了肚子痛外還落屎，幸好落出一點屎水後，我就強行忍下，不然的話整條褲子一定全是屎。那天，簡直被這些美國奶粉給害慘了！以後碰到美國番仔，不向他們說ＯＫ了！」

「上一次，我們可能是連那些沒有散開的奶粉塊也一起喝下肚，才會發生那種狀況。我敢保證，這一次我們喝下的，絕對是美國奶粉的營養分。」婉玉說後，又端起碗，咕嚕咕嚕地一口氣喝完。

「你看看，」美枝指著志宏，嚴肅地說：「你身穿的這件大衣，不就是美國番仔的救濟品嗎？他們為什麼要從老遠的地方運來這些舊衣服，就是怕我們這些窮人受寒挨凍；他們為什麼要送我們牛油奶粉，就是怕我們這些三餐吃蕃薯的窮人營養不良。起初我們不懂得奶粉的沖泡方法而出了點小意外，甚至把這種營養品用來餵豬。現在我們已知道要如何來沖泡，才不至於讓它凝結成塊、喝壞肚子。我們應該感謝美國番仔才對。」

「阿姨沒有說錯，經過攪散又煮沸的美國奶粉是不會有問題的啦！」婉玉說後，拍拍自己的小腹，「你看，我喝了一大碗，非但沒有不舒服的感覺，反而覺得全身暖暖的。如果我們能天天喝碗奶粉，不久之後，一定能長得像美國番仔那麼高大。」

「哪有那麼好康的事，能天天喝到奶粉。」美枝笑笑，「美國番仔的救濟品，三不五時才會有一次；這一次剛領，下一次不知要等到什麼時候。」說後看看志宏，「趁熱喝一碗吧，等一下上山挑水澆菜才有力氣。」

「志宏，你快一點喝，我去準備『漏桶』好上山。今天是單號，早點澆完早點回來，萬一共匪的大砲朝我們這個方向打，想躲都沒處可躲。」婉玉囑咐著說。

那天，美枝留在家裡做家事，並沒有上山。婉玉挑了一擔漏桶，志宏提了一個小水桶，表姐弟倆逕行來到村後臨海的一處菜園，並在田邊的一個淺水井旁停下。他們隨即捲起褲管，個子矮小的志宏負責打水，高他半個頭的婉玉挑水。田裡所有的，盡是一些隨著季節變換而栽培的蔬菜，由於美枝並不是專業的菜農，加上土地貧瘠，肥料不足，和鳥蟲的啃噬，因此，與一些專業菜農相較，的確是較為遜色的。收成後，除了自家食用外，剩餘的，就做為家畜或家禽的飼料。

婉玉已連續挑了好幾擔水，雖然每次只有小半桶，但來回已走了十幾趟，顯得有些疲憊。

「換我來挑。」志宏自告奮勇地拿起扁擔說。

「你挑得動嗎？」婉玉笑笑，「還是我來挑吧！」

「笑話，我只晚生妳十幾天，力氣不會比妳差。」他神氣地蹲下馬步，雖然個子比婉玉矮小，但還是順利地把兩半桶水挑了起來。只見他腳步一跨，走得比婉玉還快。然而，剛步上田埂，卻被一條藤蔓絆住腳，整個人失去了重心，眼睜睜地看著他摔倒在雜草叢生的田埂上。婉玉目睹如此的情景，快速地奔馳過來，趕緊把他扶起。

「有沒有受傷？」婉玉關心地問。

「沒有啦！」志宏用手拍拍身上的泥沙。

「看你，衣服都濕了。」婉玉取出手帕，先擦去他臉上的水珠，而後擦擦他的衣服。

「沒關係啦，一會就乾了。」志宏有些不好意思地想避開。

「等一下著涼了，可不是鬧著玩的。」婉玉一把把他拉住，不停地用手帕擦拭他的衣服。

「我自己來。」志宏臉上有些熾熱，用手不停地拍著自己微濕的衣服。

「別不好意思好不好！」早熟的婉玉，已洞察出他的心思。

「哪有。」志宏羞澀地笑笑。

「你坐在田埂休息一下，我自己打水自己挑，澆完後趕快回家。」婉玉彷彿有預感似的，「你聽到沒有，遠方好像有砲聲。」

「可能是駐軍在炸石頭、築工事吧。」志宏不在意地說。

當婉玉挑起漏桶準備去打水時，一聲讓人心生恐懼的「咻聲」，一聲震耳的「轟隆聲」就在不遠的地方響起，頓時，濃煙密布，飛沙走石，視野茫茫。婉玉一個箭步，把志宏拉下田埂，高聲地喊著：「臥倒，臥倒，快臥倒！」而後緊緊地把他抱住，企圖用自己的身體來掩護他。

又是一陣咻聲和轟隆聲響起，這一發距離他們更近，吸入鼻裡的硝煙，讓他們感到呼吸困難，滿頭滿臉的泥沙遮掩住他們的視線，婉玉感到腳部有一股熱熱的暖流和麻麻的感覺，她伸手一摸，竟然是血。

「志宏，我的腳流血了。」婉玉低聲地說。

「妳受傷了？」志宏微微地翻了一下身，「讓我看看。」

「一點輕傷，不要緊。」婉玉依然緊緊地掩護著他，「你臥好，雙手握拳放在胸部，頭千萬不要抬起來。」

砲彈的咻聲，牛羊的哀嚎聲，聲聲激動著他們的心扉。當一聲震耳的轟隆聲過後，濺起的泥沙從空中快速地落地，即使沒有把他們活埋，也沒有遭受砲彈碎片的傷害，然在上頭的婉玉已成泥人一個。她忍受著腳部的疼痛，伸出驚嚇過度而無力的手，清理覆蓋在身上的泥土，而後搖頭抖落髮上的泥沙。

「志宏，臥在這裡不是辦法，我們應該順著旁邊那條小電線溝，爬到戰壕溝躲一躲再說。至少那裡的地勢較低，又有幾個臨時挖的土洞，雖然不能避砲彈，但避避碎片是不成問題的。」

「妳的腳受傷流血了，爬得動嗎？」志宏關心地問。

「我的腳只是被落地的碎片割傷而已，如果是被擊中的話，可能早就斷掉了。用走的或許不方便，用爬的不會有問題啦！」婉玉說。

於是他們冒著尚未完全散去的硝煙和灰塵，驚恐地從田埂的低窪處，走進一條駐軍架線用的小壕溝，兩人匍匐向前爬行。當他們再次聽到咻聲時，婉玉趕緊停下，並急促地告訴志宏說：

「別動！趕快雙手握拳撐著胸部，等砲彈落地爆炸後再走。」

短短幾百公尺的電線溝，表姐弟時走、時爬、時停，已不知道費掉多少時間，當他們抵達戰壕溝時，驚恐的臉龐，疲憊的身軀，雙腳幾乎快癱瘓了下來。而咻聲又響起了，緊接著勢必是那聲震耳且又能使人粉身碎骨的爆炸聲，幸好，一隻粗壯有力的手適時把他們拉進土洞裡，表姐弟倆雖然感恩在心，卻說不出一個謝字。

不久，隆隆的砲聲轉向了，土洞裡的大人陸續走了出來，志宏攙扶著一跛一跛的婉玉也跟在人後。遠遠就聽見美枝一聲聲「歹命，歹命，我那會這呢歹命！」的感嘆聲，過後是「婉玉、志宏，你們在哪裡？你們在哪裡？」的呼喚聲。如此的感嘆，是怨恨自己命舛，聲聲呼喚，是無可取代的母子深情。

「阿姨，我們在這裡啦！」婉玉高聲地回應著。

當美枝看到孩子滿頭滿臉的泥沙，以及婉玉腳部受傷的可憐相，一份母愛的原始本能油然而生，她含淚地奔向他們，緊緊地把他們摟進自己的懷裡，口中不停地唸著：「可憐子，我的可憐子！會痛袂？我的可憐子！我會驚死，我會驚死！天哪，我那會這呢歹命！」而後趕緊俯下身，輕輕地撫撫婉玉的腳部，「可憐子，我的可憐子！流彼最血，流彼最血！會痛袂？會痛袂？」

「阿姨，一點點外傷，袂痛啦！袂要緊啦！」婉玉說。

「來，」美枝彎下腰，愛憐地說：「可憐子，阿姨揹妳回家！」

「阿姨，有志宏的攙扶，我自己慢慢走就行了。」

「來，可憐子，緊來，阿姨揹妳。」美枝堅持著，「阿姨揹妳到衛生連，請醫官幫妳敷藥。可憐子，我的可憐子！」

瘦弱的美枝揹著一個十二歲的小少女，加上蜿蜒崎嶇的山路，的確備感吃力。然而她卻歡喜做、甘願受，往後這兩個孩子，勢必也是她此生唯一的精神依靠，無論擔子有多麼地沉重，她絕對會義無反顧、無怨無悔來承受。

那晚，美枝看到虛弱的婉玉，內心實在無比的難受。然而，三餐不是蕃薯就是安脯糊，米缸裡那點發霉又生蛀龜的戰備米，必須留到有「忌辰」或有「世事」才能煮。而此時，她能以什麼來為婉玉補補身子，於是她想起了美國番仔救濟的牛油，聽說這種東西有高度的營養價值，但有一股牛的腥羶味，只能用來炒菜，倘若不能適應那種腥羶味，一旦炒出來的菜，也是難以入口的。

美枝用牛油炒了一盤高麗菜，從不挑食的孩子依然吃得津津有味，於是她心中一陣暗喜，就刮了兩個蕃薯切成厚片，然後用牛油下鍋炸，想不到炸出來的蕃薯片，竟是那麼地甜和香，孩子吃了讚不絕口。可是吃過後，孩子的嘴唇，竟凝結了一層薄薄的白色油脂，必須用熱水才能洗淨。美枝有了這個經驗後，偶爾地，她會用自家收成的蕃薯或芋頭切片，抑或是利用雙日下海剖些海蚵，用蔥和麵粉攪拌，然後用牛油來炸。無論炸出來的蕃薯或芋頭，還是蚵仔炸，孩子總是吃得津津有味。美枝興奮的心情，不亞於孩子，全寫在她滿布滄桑的臉龐。

孩子們喝了美國番仔的奶粉，吃了美國番仔的牛油，穿了美國番仔的舊衣服，除了能補充體內不足的養營分外，薄弱的身軀也不會受寒挨凍。於是，一顆虔誠的感恩之心油然而生，以後如果碰到美國番仔，他們一定要豎起大拇指，高聲地說聲：「OK！」也惟有如此，才不會辜負美國番仔關懷弱勢族群與窮苦人家的那番美意。但是，島上的平民百姓，寧願不要美國番仔的牛油、奶粉或舊衣服，只冀望戰爭能盡快地結束，和平的日子早日降臨在這塊土地上，讓他們過一個免於恐懼和傷害，以及清平歡樂的好時光。然而，如此的一點小心願，是否能順利地達成？抑或是這點冀求，只是一個不實際的美夢？倘若依目前的局勢來看，一切都是沒有答案的未知數……。

第四章

翌年，砲戰雖然不像前幾個月那麼激烈，但島民過的依舊是一個充滿著恐懼、不安，以及隨時隨地都有性命危險的苦難時光。

學校為了學生課業著想，除了向救災總會申請補助，在各學校週遭興建防空洞及避難所外，也同時在砲火下陸續地恢復上課。然而，有部分學生已隨著家人疏遷赴台，因此，各校學生人數銳減，相對地師資也明顯地不足，有些學校不得不就近商請駐軍軍官協助教學，以免延誤學生的功課。

婉玉因母親不幸遭匪砲擊斃，早已把戶籍遷入美枝的戶口裡，她和志宏同齡，都是六年級學生，讀的是同一所學校。但是，他們的家境與多數同學並不一樣，除了上學外，還要協助家事和農耕。每天一早，美枝必須先到田裡工作一段時間，回家吃飯後再上山；婉玉必須挑水、煮飯和掃地；志宏則要先上山放牛，再順便挖點蕃薯或耙些枯枝雜草回家燒火。經常地，表姐弟上學的時間，並不能像其他同學那麼地準時，因此，受到老師罰站的機會也特別多，雖然感到有些羞愧，但迫於現實環境的無奈，姐弟倆並不以為恥。

婉玉的功課並沒有受到現實環境的影響，月考成績總是名列前茅，志宏的成績即使超越不了婉玉，卻也沒有不及格的科目，兩人均能在逆境中求進步，讓美枝寬心了不少。

儘管婉玉非美枝親生骨肉，然她始終把她當成自己的孩子來看待，甚至早已立下一個心願，只要家庭經濟許可，將來不管是婉玉和志宏，誰有本事考上初中，誰就有書讀，絕不會重男輕女、以血緣的關係來區分。而實際上，早熟又懂事的婉玉，亦已逐漸地改口，和志宏一樣叫她「阿母」了，兩人平日的互動更顯現出一份濃郁的母女深情。美枝唯一的期盼，就是冀望他們除了讀書之外，也要學習為人處世之道，做一個規規矩矩的好青年，才對得起九泉下的親人！

為了分擔母親農耕的重擔，志宏利用課餘或星期假日，開始學習犁田。他們家那頭老母牛，在他尚未出生時即已餵養，父親在世時，始終把牠當成是家中的一份子。「做穡人」如果沒有牛，就猶如沒有雙臂，休想靠著人類的雙手來耕種。

志宏剛學犁田，是道道地地的新手；老牛已老，腳步早已蹣跚，其動作正好可以相搭配。起初的幾次，犁起來總是歪歪斜斜的，經過多次練習後，他竟然學會了犁田最感困難的「打田股」，雖然可以做母親的好幫手，但美枝卻捨不得讓他小小的年紀承受那麼多粗重的工作，依然想一肩挑起這個家的重擔。然而，人的體力畢竟是有限的，長期的營養不良，加上農耕的勞累，美枝經常感到頭暈，經過駐軍衛生連醫官診斷的結果，證實是貧血。醫官再三地囑咐，除了要補充營養外，也不能過於勞累。當婉玉和志宏聽到這個消息後，姐弟倆既焦急又慌張，左思右想不知要如何才能讓她恢復健康。

以前美國番仔救濟含有高度營養分的奶粉和牛油，早已吃完了。隨著砲戰的緩和及傷亡的減少，美國番仔的救濟物資也自然地中斷，即使他們家還是政府登記有案的貧戶，但已經很久沒有領到這種東西了，甚至連那些喜歡聽金門小孩說「OK」的美國番仔也很少見到。儘管這個島嶼遭受匪砲的蹂躪，居民生活在恐懼與不安中，然而，生存必須靠自己，倘若自己不爭氣，一味地想依賴外國人的救濟，終非長久之計。既然生，就要活，天雖無絕人之路，但無論何種生活方式，都必須運用父母賜予的智慧，才能生存。

志宏聽人說吃「加追」能補血，它是一種聰明的鳥類，學名叫「斑鳩」，有一身灰色的羽毛，後頸有黑色的斑環，其「咕——咕——咕」的叫聲，更是悅耳動人。它棲息在樹叢中，吃昆蟲、亦食五穀，見人就飛，想捉牠談何容易。當他和同學元清談起這件事時，元清告訴他說：

「斑鳩不容易捉到，但可以用網的。」

「怎麼個網法？」志宏不解地問。

「你沒聽人說過『網加追』嗎？」

志宏搖搖頭。

「你們家有沒有破網？」元清問。

「有啊，我阿爸以前用過的，就放在我們家護龍的柴房裡。」志宏說。

「我是沒有辦法陪你上山『網加追』的，因為自從我哥在山上被共匪的大砲打死後，我媽就不准我上山，她怕我也會被打死。」元清有點歉疚地，「雖然不能陪你去，但我可以把『網加追』的方法告訴你。現在正是芝麻收成的時候，有部分早熟而裂開的芝麻會掉落在田裡，而加追最喜歡吃的就是芝麻，我們偶爾會見到加追在田裡覓食，現在只要找幾根長竹竿或木棒插在田埂，然後把破網別緊在竹竿上，無論圍成什麼形狀都可以，一旦加追吃飽了或有人來了，牠就會快速地飛起來，只要不小心把頭誤觸魚網，牠想飛也飛不走，想跑也跑不掉，甚至愈掙扎纏得愈緊，到時就可手到擒來。這就叫著『網加追』或『纏加追』。知道嗎？」

「你網過加追嗎？」看他說得頭頭是道，志宏好奇地問。

「我沒網過，那是以前聽我哥哥說的。」元清據實說。

「容易網到嗎？」

「聽說沒有砲戰之前，加追的數量很多，很容易網到。現在卻不一樣了，幾乎被砲聲槍聲給嚇跑了，有時候十天八天也網不到一隻。但是要看運氣，也要有耐性，架好的網不要輕易地撤除，反正那張破網也不會有人要。慢慢等，總有一天會網到的。」

當志宏把「網加追」的消息告訴婉玉後，兩人決定利用禮拜天帶著工具上山一試。他們不敢把「網加追」的事告訴美枝，姐弟倆逕自從柴房取出那綑破爛又滿布蜘蛛網的魚網，又找了好幾根竹竿和木棒，決定上山試試手氣。

他們來到自家種植的芝麻田，依照元清傳授給他的方法，兩人在田埂上，合力架上那張破網，等待加追飛來自投羅網。然而，加追是一種聰明的鳥類，其繁殖量亦不像麻雀那麼多，加上長期受到砲聲槍聲的驚嚇，棲息在山林樹上的已不多見。少數在田地裡覓食者，除了誤觸魚網而纏身外，牠豈會自投羅網？姐弟倆想捉一隻加追來替他們的阿母進補談何容易，除非他們的孝心能感動天、感動地，這個夢想才可能在短時間內實現。

姐弟倆並沒有枯坐在田埂上等加追入網，他們主動來到芋頭田，拔除纏繞在周圍的雜草。今年雖然仍舊受到砲戰的影響，島民依然過著恐懼不安的日子，但老天爺對這塊歷經苦難的土地還是蠻眷顧的，以充分的雨水來滋潤這片土地，讓所有的農作物不致遭受乾旱而枯死，於是，豐收可以預期。

「志宏，再不久，我們都要小學畢業了，你要加點油，一旦金門中學遷回來復校，你就可以去參加初中入學會考。」婉玉提醒他說。

「怎麼，妳的功課比我好，妳不考？」志宏不解地問。

「阿母實在有夠辛苦的啦！而且讀初中不像小學，還必須繳交學雜費和食宿費，每學期要花很多錢。依我們目前的家境來說，也不允許兩個人一起上初中。你好好加油，一旦考上了，就可以到城裡讀書，將來才會有前途。我必須留在家裡幫阿母的忙，她才不會那麼辛苦。」婉玉坦誠地說。

「聽說參加初中會考是全縣的小學畢業生，人數很多，錄取的名額則有限。依妳的成績來說，錄取是不會有問題的，而我可能連備取也考不上。」

「對自己不能沒有信心，」婉玉鼓勵他說：「距離會考的時間還早，只要你能在原有的基礎上再用點功，錄取是沒問題的。況且，我是一個女孩子，讀那麼多書也沒有用。」

「阿母以前曾經說過，只要家中的經濟許可，不分男女，誰能考上、誰就有書讀。」志宏說。

「我能理解阿母的心意，但我實在不忍心看她日日夜夜為我們操勞，她的身體的確也教人擔憂啊！尤其你是男生，理應多讀一點書、多學一點東西，將來才能在社會上立足。阿母終究會年老，我們也不能依賴她過一生，將來這個家，就全靠你來支撐了！」婉玉有感而發地說，而後又加強了語氣，「在傳統的觀念裡，女孩子長大終究是要嫁出去的，讀再多的書也沒有用，何必花那麼一筆冤枉錢。」

「別人可能會那麼想，但阿母沒有這種觀念。當初阿母把妳的戶口遷入我們家時，就是為了方便妳在這裡讀書。村子裡沒念書的女孩多的是，如果阿母和其他人一般見識的話，妳可能老早就休學了。」

「阿母待我，比起我親生的母親有過之而無不及，她的恩澤我會永遠記在心坎裡的。關於考初中的事，時間未到、以後再說，現在唯一要做的是分擔阿母肩挑的重擔，讓她的身體趕快好起來。」

「今年的芋頭如果開始收成時，我看，我們就自己挑到街上賣，只要能趕回學校上課就可以了，以免增加阿母的負擔。」志宏出點子說。

「芋頭收成時大部分都在農曆的七月，到時我們已經畢業不用上學了，只要請阿母教我們看『秤花』，一定不會出錯的。」婉玉興奮地說，卻也有點憂慮，「不知阿母放不放心，讓我們兩人去賣芋頭。」

「如果阿母不放心的話，可以請她先帶我們到街上賣賣看。至少，我們可以幫她挑，以免芋頭的重擔，壓彎了她的腰。」

「這是分擔阿母肩頭重擔的好辦法，志宏，我們一定要堅持到底，別讓阿母太勞累了。」婉玉說後，內心有一絲兒感傷，「我們不能沒有阿母！也不能失去阿母！」

志宏心有同感地看看她，眼眶有些微紅，也因此可以看出，美枝在他們心目中的重要性。

「走，」婉玉站了起來，「我們去看看有沒有網到加追。」

當他們剛走上田埂，志宏俯身撿起了好幾張彩色紙片，興奮地向婉玉炫耀著。

「姐，共匪打來的宣傳單。」

「丟掉，撿那些幹什麼！」婉玉不悅地。

「老師不是說過嗎，撿到共匪的宣傳單，不能偷看，要拿到學校交給老師。如果數量多的話，還會受到獎勵，難道妳忘了？」志宏解釋著說。

「無聊，不要為自己添麻煩！」婉玉不屑地，並沒有把它當一回事，過後也未曾再加以過問。

志宏並沒有接受婉玉的勸告，把老師「不能偷看」的囑咐牢牢地記在腦海裡，反而小心翼翼地把宣傳單摺好、放進自己的口袋。心中也有一個盤算，待回家後再放進抽屜裡收好，累積到一定的數量後，再帶到學校交給老師。

他們到芝麻田轉了一圈，圍繞在田埂上的那些破網，依舊沒有一絲兒動靜，只聽到遠處的叢林裡，有斑鳩「咕——咕——咕」的叫聲，以及一群覓食的麻雀，驚慌地從田裡飛出來，其他的，則一無所獲。

「現在連一隻加追的影子也沒見到，遑論想捉牠來為阿母進補。」婉玉失望地說。

「反正我們照樣可以做其他的工作，不必浪費時間在這裡守候，從明天起，只要早晚各來巡視一次就可以了。如果運氣好的話，捉它個兩、三隻也說不定。」志宏依然信心滿滿地說。

「人雖然聰明，但斑鳩卻不是呆鳥，想捉牠談何容易。」婉玉搖搖頭，笑著說：「依我看，我們還是不要把阿母的健康寄望在那隻小小的飛禽身上。現在趕快回家，幫阿母做做家事，替她分憂解勞，讓她有多一點的休息時間，身體自然就會慢慢復元。」

「姐，儘管我們是同齡，但彷彿什麼事妳都比我懂一些。」志宏有感而發地說。

「你以為我飯吃得比你多、高你半個頭，只是四肢發達是不是？」婉玉神氣地說：「坦白告訴你啦，我頭腦也不簡單，絕對不是『大箍呆』！」

「妳怎麼會是大箍呆呢？」志宏認真地，「很多人都說妳是我們學校最漂亮的女生……。」

「亂講！」志宏尚未說完，婉玉扳起臉，搶著說：「別聽他們胡說！」

「算術老師也是這麼說的。」志宏又補充著。

「他去死啦，老豬哥！」婉玉氣憤地，同時也警告志宏，「你以後少跟我說這些三八話！聽到沒有？」

「姐，妳還真兇呢！」志宏笑著，「很多女孩子都喜歡人家說她漂亮，唯獨妳不喜歡！」

「漂亮有什麼用，又不能當飯吃！」說後又提高了嗓門，高聲地說：「阿母的身體快一點復元，才是我們所冀求的！欄裡的豬快一點長大，才是我們所希望的！田裡的作物能豐收，蕃薯、芋頭、花生、玉米、高粱能賣到好價錢，那才是我們所企盼的！其他都是廢話一堆。」

「還有一件事妳沒說到。」志宏神祕地。

「什麼事？」婉玉睜大眼睛，不解地問。

「讓我們快一點網到加追，好給阿母補身子。」

「但願皇天不負苦心人！」婉玉興奮地一笑，快速地伸出手，「來，我們擊掌加油，並為阿母祈福！」

一聲清脆而厚實的雙掌碰觸聲，輕輕地掠過被砲火摧殘過的雲空，純真的笑靨久久地在他們臉上停留，無情的歲月不知會為這對遠房表姐弟孕育出一份什麼樣的情感？但願蒼天能賜福於這塊土地，以及在這塊土地上默默地承受著肉體與心靈雙重苦難的島民。只是唯恐，天不從人願……。

第五章

　　連續多日來，志宏總會利用早晚時間到芝麻田巡視一下，看看是否有自投羅網的斑鳩。可是，到他們畢業離校、芝麻採收為止，圍在田埂上的破網，依然不見加追纏網的蹤影。甚至那些竹桿和木棒，也耐不住多日來的風吹雨打而有點傾斜。幸好美枝的身體，經過短時間的休息和調養後，並沒有繼續惡化，倘若靠加追來做藥膳，始能藥到病除的話，勢必要讓人徹底的失望。

　　然而，就在他們準備撤除的次日，一隻羽毛光澤、美麗又可愛的加追，頭部竟然已鑽進網裡，雙爪緊抓住下端的網繩，雙翅則不停地掙扎和舞動，脫落的羽毛迎風輕飄，但始終無法掙脫人們設下的陷阱。志宏見狀，簡直喜出望外，他緊緊地抓住加追的背部，小心翼翼地撐開纏在牠頸部的網繩，讓牠的頭往後縮，當網繩從牠的頭上滑出來時，驚恐的鳥兒並沒有做任何的掙扎，志宏興奮地把牠抱在懷裡，直往家裡狂奔。

當他上氣不接下氣，快速地奔回家，一見到婉玉，就趕緊告訴她說：「姐，我抓到加追了！」。復又轉身，提高了分貝，「阿母，我抓到加追了！」

婉玉一手把他拉住，迫不及待地說：「你怎麼抓到的，快讓我看看。」

「踏破鐵鞋無覓處，得來全不費工夫。」志宏神氣地說。

「少臭屁好不好！」婉玉消遣他。

美枝聞聲走了過來。

「阿母，我們網到加追了，可以殺來為您進補。」志宏雙手抓著加追，在她面前晃了一下。

「等一下我就去殺，然後加生薑，慢火燉煮。」婉玉不知從那裡學來的經驗，「阿母，聽說加追能補血呢！」

儘管孩子們說得口沫橫飛，但美枝並沒有很興奮，只淡淡地說：

「它只是一隻野鳥，不是仙丹，沒有一般人想像中的那麼神奇。你倆仔細看看，牠讓你們緊緊地抓在手中不能動彈，不知會有多麼地痛苦。孩子，放了牠吧！讓牠重獲自由，翱翔在藍天白雲間。你們有這番孝心，我已心滿意足了，這比任何補品還管用！」

志宏和婉玉簡直聽傻了，好不容易網到這隻加追，要燉給阿母進補，她卻要他們把牠放了，讓牠重獲自由，翱翔在藍天白雲間。姐弟倆不禁面面相覷著。

「放了牠吧！」美枝再次地囑咐著。

「把牠放了。」婉玉看了一下志宏，附和著說。

志宏低頭看看手中的加追，復又摸摸它光澤亮麗的羽毛，而後走到大門口，雙眼仰望蒼穹，輕輕地鬆開雙手，加追「劈」地一聲，快速地展翅飛向藍天白雲處。即使姐弟倆都有一份悵然，但阿母的話一向說了算數，心裡並沒有任何的不悅。

志宏和婉玉雖然小學畢業了，但隨著砲戰而疏遷赴台的金門中學，迄今尚無返金復校的打算，因此，他倆和島上所有的畢業生一樣，均處於無書可讀的狀態中。即使如此，他們並非無事可做，除了受到氣候和砲戰的影響外，幾乎每天都有做不完的農事，拔花生、割高粱、收玉米、挖芋頭……等等；甚至挑水肥、擔糞土，可說是樣樣來，也樣樣難不倒他們。姐弟倆分擔了美枝大部分的工作，讓她有充分的時間休息，以便調養身體。

有一天，婉玉看見一位退役老兵，駕著一輛老舊的機器三輪車，在村裡收購廢金屬品，其中以共匪打來的砲彈片較多。於是，她好奇地問：

「阿伯，砲彈片一斤多少錢啊？」

「兩毛錢，」阿伯看看她，親切地問：「妳家有嗎？」

「現在沒有，不過我可以和我弟弟一起去撿。」婉玉禮貌地，「請問您多久來收購一次？」

「不一定，」阿伯慈祥地說：「現在可說滿山遍野都有砲彈片，妳可以和妳弟弟慢慢去撿，然後放好，過一段時間我會來收購的。雖然一斤只有兩毛錢，但如果撿到大塊一點的，或是宣傳彈的彈頭彈尾，一顆就是好幾斤重，累積起來也是蠻可觀的。有些人一賣就是好幾百斤，賺它個百兒八十的也是稀鬆平常的事，可說是發了一筆意外之財。」

婉玉興奮地跑回家，趕快把這個好消息告訴志宏。

「什麼？」志宏訝異地，「共匪打來的砲彈片也可以賣錢？」

「有一位北貢阿伯專門在收購。」婉玉補充著說。

「山上砲彈片，可說多得是。我們現在就去撿！」志宏急促地說。

「不，這樣阿母會罵的。」婉玉搖搖頭，「我們應該在農事之餘，順便撿拾，而不是每天正事不做，一味地跑去撿砲彈片。」

「如果照妳這麼說的話，要撿到什麼時候，才能撿到一百斤啊？」

「如果我們沒有延宕日常的農事，一天還能夠撿十斤的話，一個月下來就有三百斤，而三百斤就能賣到六十塊；六十塊對我們這個貧窮的家來說，幫助可大啦！」

「姐，那我們什麼時候開始行動？」

「從現在起，看到就撿。」婉玉說後，又有些顧慮，「不過砲彈碎片可是鋒利得很，自己千萬要小心；別錢還沒賺到，先受傷。」

「不會那麼倒楣啦，」志宏不在乎地說：「我們田裡還不是經常發現砲彈片，往往撿起來就是朝田埂上丟，從來也沒有被割傷過。」

「反正自己小心就是了，別讓阿母擔心。」婉玉又囑咐著。

從此之後，每當他們上山工作時，總不忘帶一只老舊的汲水桶，沿途撿拾彈片。然而，有些事也是蠻奇怪的，當你不想撿拾它時，卻發現到東一塊、西一塊，滿山遍野都是砲彈片；而當你有心想撿拾它的時候，卻不如想像中那麼容易。但是，夜以繼日，每天一點一點的累積，幾十天下來，倒也裝了好幾個小麻袋，少說也有三百多斤重。姐弟倆喜在心頭，美枝並沒有刻意地阻擋他們，因為全村的貧苦人家幾乎都在撿砲彈片，好換取有限的銀兩，貼補家用。

撿砲彈片最興奮的莫過於撿到宣傳彈，因為它裡面裝的是宣傳單，而不是火藥。當它發射到預先設定的距離時，彈尾的鐵塞會主動地脫落，傳單便在空中四處紛飛，而後飄落在地上，讓人們來撿拾、閱讀，以達到政治宣傳的目的。然而，宣傳彈落地後，並不會爆裂成碎片，而是以餘威直接落地，在它的範圍內，依然會造成人員和家畜的傷亡，以及屋宇的倒塌；如果是空地，便形成一個大坑洞，整顆空砲彈會鑽進地裡，其深淺，必須視火藥的餘威而定。撿砲彈片的人，如果能撿到宣傳彈的彈身或彈尾的鐵塞，的確會高興老半天，因為一顆砲彈，少說也有幾十斤重；圓型的鐵塞，除了可賣錢外，亦可做其他用途。

一個落雨天，姐弟倆不知情，冒雨抬回一顆前端尚殘留著火藥、彈尾的鐵塞尚未脫落的砲彈回來，倘若是行家，一眼就可看出是一顆未爆彈。然而，即使他們生長在戰地，歷經砲火的洗禮，親眼看見自己的家園被戰火蹂躪，親眼目睹自己的親人葬身在砲火下，只知道砲彈的威力和恐怖，卻不知道它的構造，更不知道抬回家的竟是一顆隨時會奪人性命的未爆彈。當鄰人告訴他們的嚴重性時，簡直讓美枝驚慌失措，但又不忍心苛責孩子，只得求助於村公所的北貢指導員。

只見指導員氣怒氣沖沖地來到他們家，見到那顆砲彈後，指著婉玉和志宏開口就罵：

「你媽的屄！你們這兩個不知死活的兔崽子、王八蛋，你他媽的不要命了是不是？竟然把未爆彈抬回家，如果不小心觸動了引信，引燃了火藥，一旦讓它爆炸的話，你們全家都要死光光，全村人也會受到牽連和波及！誰能負得起這個責任？你媽的屄！」

經過指導員這麼地一罵，婉玉和志宏被嚇呆了，竟當場哭了起來。

「還哭！」指導員高聲地叱責，「下次如果再發生這種事，老子就把你們關起來，拉出去槍斃！媽的屄！你們這兩個兔崽子、王八蛋！」

對於指導員的辱罵，圍觀的村民沒有一個敢哼聲，因為大家太瞭解這個「死無完」的個性。他髒口一開，不是「你媽的屄」，就是「操你祖宗」；動不動不是「把你關起來」，就是「拉出去槍斃」。對於他這種囂張、傲慢又蠻橫的行為，生在這個戒嚴時期、軍管年代，島民又能奈何？受辱的村民只好忍氣吞聲，誰也不敢得罪他。然而，村民在憤怒的同時，暗中卻不稱他為指導員，而以「死無完」的諧音來取代他的職稱，看他能猖狂到幾時！

美枝知道自己的孩子是無辜的，如果他們知道這顆未爆彈的嚴重性，怎麼會冒著性命的危險把它抬回來？要不是他們不幸生長在這個貧窮的家庭，也不必去撿拾那些砲彈片來做為他們童年的回憶。但繼而地一想，倘若沒有旁人適時的提醒，一旦誤觸引信引燃火藥讓它爆炸，其後果與嚴重性可想而知。雖然受到「死無完」高聲的叱責，然而只要孩子平安，不要連累到別人，趕快把那顆令人膽顫心驚的未爆彈搬走就好，那幾聲瘋狗的叱罵聲，又算得了什麼！經過這一次教訓，也足可給孩子們一個警惕，相信他們不會再重蹈覆轍的，其他的多說無益。

經過這次教訓後，婉玉和志宏更加小心了，除了散落在地上的零星碎片外，倘若發現有砲彈落地的新痕跡，明知坑洞裡有整顆宣傳彈的彈體，少說也有幾十斤重，比起他們零零星星的四處撿拾，不知要強上多少倍。但深恐挖到的又是一顆未爆彈，為了自身的安全，為了不讓阿母擔心，他們寧可捨棄不取，能撿多少算多少，以免和自己的性命開玩笑。

一個月過後，收廢鐵的老阿伯又來了，那輛吱吱作響的老舊三輪車，就停在他們家的大門口。姐弟倆合力地把堆放在院子裡的砲彈片，一袋一袋地抬出來，經過磅秤，竟然有五百零三斤重。他們把零頭去掉，免費送給阿伯，老阿伯黝黑的臉笑得合不攏嘴。

「如果有空，你們也可以到靶場去挖彈頭，」阿伯好心地告訴他們說：「彈頭的外面是銅，裡面是鉛，價格比一般廢鐵還要高……。」阿伯還未說完。

「一斤多少錢啊？」婉玉搶著問。

「六毛錢。」阿伯簡短地答。

「哇，廢鐵的三倍，一百斤就是六十元，」志宏訝異地，「好高的價錢啊！」

「阿伯，謝謝您告訴我們這些。」婉玉向他點點頭，「您下次再來收購時，我們一定會挖些彈頭賣給您。」

「好，一言為定。」阿伯興奮地笑笑，臉上顯露出好幾條深深的溝渠，而後關心地問：「你們賣廢鐵的錢準備做什麼用啊？」

「交給阿母貼補家用。」姐弟倆幾乎異口同聲地說。

「好，這才是好孩子。」阿伯豎起了大拇指，誇讚著說。

美枝收下孩子販賣廢鐵得來的一百元後，內心雖然感到欣慰，但並沒有太大的喜悅。面對孩子的辛勞，以及雙手經常被銳利的彈片割傷時的情景，自是百般的不捨。然而，她並沒有忘記，孩子必須讀書才有前途。如果把一生的青春歲月，全浪費在這幾塊貧瘠的田地上，整日與山為伍，與牛為伴，過著三餐不繼的窮苦日子，又有什麼意義可言。

「初中會考雖然遙遙無期，但你們還是要利用時間溫習功課，將來才有機會繼續升學。」美枝經常叮嚀著。

「阿母，將來就讓志宏去考初中，我要留在家裡幫忙。」婉玉說。

「你們都給我聽好，」美枝嚴肅地說：「要讀書才有前途，不要死守在這幾塊田地上。雖然我們家窮，但蒙受老天爺的保佑，欄裡兩條『菜豬』以及十二隻『豬仔子』，不久就可以出售了。今年因雨水充足，蟲害又少，所有農作物幾乎都是大豐收，這種景象也是歷年少見的。再過幾天就是農曆七月了，除了中元普渡外，初一及『月尾』，家家戶戶都必須敬拜『老大公』，這時也是芋頭暢銷的好時節，明後天我們就開始挖，賣它個幾百塊是不會有問題的。將來一旦你們考上初中，就不必為學費煩惱了。」

「阿母，只要您告訴我們如何看『秤花』，芋頭就由我和志宏挑到市場去賣。」婉玉說。

「做生意哪有像你們想像中的那麼簡單啊！」美枝笑著說。

「我們可以學啊！」婉玉認真地，「看您每次既要挑重擔又要走遠路，阿母，那是很累人、也很辛苦的呀！」

「阿母習慣了，為了你們也不覺得累。」美枝搖搖頭，淡淡地說，內心卻有無比的感慨。而這份不欲人知的苦痛，只有她自己最清楚。

「阿母，那我和志宏輪流幫您挑，到了市場後再由您來賣，這樣您就不會太累了。」婉玉依然認真地，「同時，我們也可以順便學習學習賣芋頭的本事啊，一旦學會了，賣芋頭的事，就可以由我們來負責了。」

「好吧，孩子！既然你們有這番心意，我們就一起上街賣芋頭吧！」美枝的眼眶，有些泛紅，「為了這個家，苦了你們啦！」

婉玉和志宏，也同時感染了這份隱藏在美枝心中的悽然況味。

芋頭田裡，原本青蒼翠綠的葉脈，隨著季節的變化以及芋頭的成長，已逐漸地失去它原有的光彩。綠色的莖部，部分已枯萎，這也表示芋頭成熟了。

只見美枝揮動著「三齒」，把整棵芋頭挖掘起來，再提起它的莖部，抖落沾在上面的泥土，然後順手丟一邊，由婉玉和志宏負責剝去它的莖部，以及清除根部和泥沙。在整撮芋頭中，有一顆最大的，叫作「芋頭」，體積中一點的，就叫「芋婆」，小的就是「芋子」。如果不分大小的話，整棵芋頭最少約有兩、三斤重，但在出售時，往往都是分級計價。大芋頭既香又鬆，其皮好刮又不費時，因此價錢較高，餘則類推。然而，亦有部分人喜歡挑價錢便宜的「芋子」回家煮「鹹稀飯」，雖然沒有大芋頭的香鬆，但另有一番滋味。其莖部經過處理後亦可食用，但大部分都是煮熟後餵豬。

臨近中午，美枝母子三人已處理好兩大籮筐芋頭，少說也有百斤重。婉玉分擔了一部分，志宏則挑了兩小綑芋莖，其他重擔必須由美枝自己來擔負。儘管氣喘如牛、汗流浹背，然而她卻沒有半句怨言，挑起重擔時，亦從未怨天尤人、說過一句「歹命」！

島上菜市場的消費對象幾乎都是以駐軍部隊為主。為了配合軍中伙食團的採買，經營早市的商家必須在凌晨三、四點鐘開門營業，一些專業菜農或擁有農漁產品、臨時來擺攤的鄉親，也必須等宵禁過後適時趕到，才能把貨物銷售出去。

美枝獨自挑了兩籮筐的芋頭，上面放著一把秤，以及一只「吊籃仔」，走在前頭，婉玉和志宏則合力抬了一籮筐，緊跟在她後面。他們摸黑抄小路快步走，一方面趕時間，另一方面惟恐共匪砲擊，因為現在是單號的凌晨，萬一不幸遇上，在這條蜿蜒又崎嶇的小路，連一個可躲避的地方也沒有。美枝有時候雖然心想，自己死了沒關係，但留下這兩個可憐的孩子又該怎麼辦？

終於，他們抵達了街上。

雖然整個市場因受到種種設限和影響，沒有明亮的燈光，但商家幾乎都自備一盞煤汽燈，以便照明。

美枝把三籮筐芋頭擺在一家雜貨店的騎樓旁，也藉此可以借用商家一絲微弱的燈光來照明。她熟練地倒了一籮筐芋頭在地上，準備讓顧客挑選。無論軍人或在地人，只要經過她的攤位前，她總會親切地招呼著：

「來喔，來買芋，阮的檳榔芋香擱鬆，袂爛毋免錢！」

不一會，地上的「芋頭」已被人買走了一大半，「芋婆」和「芋子」也賣了一些，美枝把錢交由身旁的婉玉保管，復又倒下一籮筐，婉玉有樣學樣，除了學會了招呼客人外，甚至還加上了稱呼。美枝聽後，內心掠過一陣無名的喜悅，客人索性就由她來招呼，自己則負責秤重量。

「阿伯，來喔，來買芋，阮的檳榔芋香擱鬆，袂鬆毋免錢！」

「阿嬸，來喔，來買芋，阮的檳榔芋香擱鬆，袂鬆毋免錢！」

「阿兄，來喔，來買芋，阮的檳榔芋香擱鬆，袂鬆毋免錢！」

「阿姊，來喔，來買芋，阮的檳榔芋香擱鬆，袂鬆毋免錢！」

「士官長，來買芋頭，我們家的芋頭香又鬆，保證很好吃！」

「阿兵哥，來買芋頭，我們家的芋頭香又鬆，保證很好吃！」

只聽婉玉一會兒本地話，一會兒帶有金門腔調的國語，加上小姑娘聲音甜美又親切，美枝的磅秤斤兩足，天剛亮不久，三籮筐的芋頭，無論是芋頭、芋婆或芋子，全部賣光光，婉玉的「好嘴花」也博得許多人的讚賞。

「走，阿母帶你們去吃『油食粿』和『土仁湯』。」美枝挑起了空籮筐，對孩子們說。

「阿母，油食粿和土仁湯會不會很貴？」婉玉仰起頭，擔心地問。

「不會很貴啦！」美枝慈祥地笑笑，「人家有錢人的孩子，早上吃的是有『赤肉』、有豬肝的『鹹糜』和油食粿，你們難得吃一條油食粿、喝一碗土仁湯，並不過份！況且，我們今天賣了一百多塊錢的芋頭，花三、五塊錢讓你們每人吃一條油食粿、喝一碗土仁湯，也不怕天知道啊！」

「阿母，您不一起吃？」婉玉發覺美枝話中有點蹊蹺。

「阿母不餓，妳和志宏去吃。」美枝淡淡地說。

「阿母，如果您不一起去吃的話，我們也不吃了，現在就回家好了。」婉玉堅持著。

「阿母，一起去吃啦！」志宏拉拉她的衣襟。

「好、好、好，」美枝拗不過他們，「阿母陪你們一起去吃。」

婉玉和志宏相視地笑了。

然而，當孩子們正興奮地吃著油食粿沾土仁湯時，美枝只是輕嚐了幾口土仁湯，隨即用湯匙各分給他們一些，油食粿也撕成兩半分給他們。

「阿母，您吃啊！」懂事的婉玉，又把那半條油食粿放到美枝的面前。

「阿母實在吃不下。」美枝又把油食粿遞給她。

「阿母，我知道您捨不得吃……。」婉玉把它放在盤子裡，雙眼凝視著她，眼眶有些微紅，而後哽咽地說。

「傻孩子……。」美枝強裝笑顏，眼裡卻有一顆晶瑩的水珠在蠕動。

志宏則傻傻地看著她們。

「阿母，」婉玉輕拭了一下眼角，而後微微地笑笑，滿懷自信地說：「我已經學會看『秤花』了。每支秤都有兩條貫穿秤桿的短繩，距離秤鉤最近的那條叫『頭料』，繼而的是『二料』。頭料是五斤起秤，秤星一點就是二兩，四點就是半斤，八點就是一斤。而二料是一斤起秤，秤星一點就是一兩，三點則為半斤，四方位各一小點就是一斤。阿母，您說對不對？」

「對、對、對，就是這樣！」美枝興奮地說：「妳不僅聰明、眼力又好，一看就會，簡直什麼都難不倒妳！」

「那明天您就在家好好地休息，我和志宏來賣就可以了。」婉玉要求著。

「等你們長大再說。」美枝有所顧慮地，「這裡不比家裡，天未亮就必須出門，又要走那麼遠的路；尤其是共匪的砲彈，早也打、晚也打，打個沒完，萬一運氣不好在路上碰到，沒有大人照料，教我怎麼能放心！」

「阿母，共匪的砲彈固然可怕，但古人不是說：生死由命、富貴在天嗎？只要有阿母的祈福，相信我們會平安無事的。何況我們早已學會了應變，除了能判斷砲聲的遠近外，臥倒後雙手握拳支撐著胸部和翻滾到低窪處，也曾歷經過。阿母，您儘管放心吧！老天爺會保佑我們的。」婉玉說。

「好吧，讓你們試試看也好！反正這個擔子遲早要交到你們手上的，除非你們用功讀書，不再踏入『做穡』這個行業，否則的話，為了生活，想跑也跑不掉。這點，似乎也是你們應有的體認。」美枝有感而發地說。

炎陽雖已高掛在天際，微微的山風卻輕輕地吹著他們母子的面龐，儘管這條小路蜿蜒崎嶇，就如同坎坷的人生歲月一樣，但凡走過的必留下痕跡。不管未來的路途有多麼地遙遠難行，他們都必須一步一腳印，踏踏實實地走完人生的每一段旅程……。

第六章

婉玉賣芋頭賣出了心得，姐弟倆索性把蕃薯也挑到市場賣。做穡人吃怕了蕃薯，生意人卻吃怕了戰備米，蕃薯的最大消費者，幾乎都是生意人。因為島上的戰備米，都是駐軍推陳換新、存放很久的米糧。煮乾飯還好，倘若煮稀飯的話，吃起來有股酸酸澀澀的滋味，因此，有錢的生意人就買些含有澱粉和糖分的蕃薯和大米一同調和，煮成蕃薯稀飯，吃起來風味較佳。

然而，賣蕃薯和賣芋頭的方式卻不一樣，芋頭的消費群較多，只要沒有種植的人家或駐軍的採買人員都有可能是顧客，而蕃薯則較為普遍，種植的面積也較廣，多數農家除了做為主食外，其次級品則餵養家畜或家禽，真正挑到市場賣的並不多。雖然價錢不及芋頭的一半，但能以它換取一點銀兩來改善貧窮的家境，也是一種不錯的選項。

婉玉賣的蕃薯，都是經過美枝挑選過的，除了表皮光滑與重量夠外，還不能有蟲噬或

「臭香」的劣質品。甚至挖回來後，必須經過一段時間的「消水」，蕃薯煮起來才會鬆、會甜。如此地講究品質，當然他們所賣的產品，勢必受到顧客的喜愛。尤其每當姐弟倆要出門時，美枝總是千交代、萬交代：

「這些粗俗的農產品，都是我們自家種植的，一旦有人買，除了斤兩要秤足外，價錢也不要跟人家斤斤計較。自己斟酌情形，如果購買的數量多的話，差個五毛一塊的也無所謂。賣到最後，剩點人家挑選過的次級品，只要有人出價願意買，就半賣半送把它賣掉，大家歡喜就好！」

街上的商家都忙於做生意，婉玉並沒有把蕃薯像芋頭一樣，倒在地上讓人挑選，而是和志宏輪流，一個挑著兩小籮筐蕃薯，一個則拿著「吊籃」和「秤仔」，到每家「店頭」兜售。

「頭家，買蕃薯啦！阮的蕃薯已經消水過，絕對無半塊臭香的，若無鬆、無甜毋免錢！」

久而久之，婉玉誠懇的態度，甜美又親切的聲音，加上特別挑選的農產品，已在這個小鎮博得好聲名，更讓人留下深刻的好印象。街上的商家，幾乎無人不識這對小姐弟。

有一天，他們又在騎樓下擺攤賣芋頭，雜貨店頭家突然走到他們身旁，婉玉一怔，以為頭家不讓他們擺，要把他們趕走，想不到頭家竟是和藹又誠懇地對她說：

「小妹，你們姐弟倆不必那麼辛苦，挑著蕃薯四處賣，或在這裡擺攤賣芋頭，乾脆來我店裡幫忙算了。我這裡每天有二十幾個單位的採買在這裡買雜貨，人手實在不夠，經常忙得團團轉。妳可以幫我照單取貨和點貨，妳弟弟可以幫我送貨到採買車上。工作不會太笨重，不過早上要早一點起床，一旦採買車走了、散市了，你們就可以回家。我每月每人給你們兩百元，不知你們有沒有這個意願？」頭家頓了一下又說：「如果將來家裡有什麼收成需要賣的話，也可以直接擺在我的店門口賣，我絕對不會收取你們半毛佣金。」

婉玉看看身旁的志宏，內心既驚又喜，想不到頭家是想雇用他們，而不是來趕他們走。

「頭家，我叫婉玉，弟弟叫志宏，」婉玉禮貌地自我介紹，而後向他點頭致謝，「謝謝您的好意，不過我得回家問問我阿母。」

「妳真懂事，」頭家慈祥地笑笑，「如果阿母答應的話，你們隨時都可以來幫忙。」

「謝謝您。」婉玉又一次地向他點頭致謝。

頭家走後，婉玉從芋頭堆裡挑選了幾個芋頭和一些芋婆，放在空籃裡，志宏不解地問：

「姐，妳留這些做什麼？」

「我們經常佔用人家的騎樓，理應對頭家有點表示，這也是阿母常教我們的為人處世之道。」婉玉解釋著說。

志宏點點頭，認同她的說法。

「你看到沒？」婉玉指著前面的店屋說：「那家的騎樓明明空蕩蕩的，就是不讓人家擺，有一次還和一個賣海蚵的婦人吵了起來。」

「阿母常說：有量才有福。」志宏轉頭看了身後的雜貨店一眼，而後對婉玉說：「妳看他們店裡，幾乎擺滿了採買的大籮筐，生意好得不得了，真應了阿母那句話。」

「阿母雖然不識字，但知道的道理卻不少，我們不得不佩服她。」婉玉說。

採買車陸續地開走了，有攤位的菜販或臨時來擺攤的小販，不管賣完或有剩，幾乎都往回家的路途走。頓時，原本熱絡的早市，已變得有點冷清。

婉玉把預先放在籮筐裡的芋頭，倒入那只小吊籃裡，並刻意地將芋頭和芋婆穿插交錯，以求均衡美觀。於是她提著那籃芋頭，步履輕盈地走進雜貨店。

「頭家、頭家娘，這幾個『歹芋』，送給你們煮鹹粥啦！」婉玉雙手把籃子遞給頭家娘後，歉疚地說：「阮阿母說，經常佔用你們的騎樓賣蕃薯芋，讓你們出入不方便，真歹勢、也真感謝啦！」

「妳阿母真客氣，這點小事請她不要放在心上啦！」頭家娘雖然接過了籃子，但卻從抽屜裡取出鈔票，「你們辛辛苦苦種的芋頭，我們應當花錢買才對，怎麼能讓你們送。」說後，順手拿了十塊錢要遞給婉玉。

「頭家娘，您不必客氣啦！」婉玉推辭著，「這幾個歹芋都是我們自家種的，值不了幾塊錢，請您不要嫌棄，務必要收下，回家才好對我阿母交代。」

「這些芋頭都是價錢較高的芋頭和芋婆，你們捨不得賣，卻拿來送我們煮，真是過意不去啦！」頭家娘依然客氣地說。

頭家含笑地從櫃檯走出來，他拿了一個大型的紙袋，走到前面的貨物架上，從鹹魚箱裡抓起一大把鹹帶魚，少說也有五、六條，裝進紙袋裡，順手遞給婉玉說：

「好，妳送的芋頭我們收下，這幾條『鹹白魚』妳就帶回家煮。昨天的船剛運來的，很新鮮，放點「蒜仔」下去煮，味道不錯。」

「頭家，這樣不好意思啦！」婉玉不敢伸手接。

「憨囝仔，」頭家娘笑笑，代她接過紙袋，並把那袋鹹白魚，幫她放進籃子裡，交給她說：「俗話說：禮尚往來，我們收下妳的，妳收下我們的，這樣才有意思。」

「可是芋頭是我們自家種植的，值不了多少錢，而鹹白魚卻是你們從台灣進口來的，它是很貴的！」婉玉看了一下籃子，「不然這樣好了，我拿一條回去煮就好，其他的還給你們賣。」

「什麼都不必說了，」頭家提起籃子交給她，笑著說：「趕快回家和妳阿母商量商量，如果妳阿母同意的話，就和妳弟弟一起到我店裡幫忙。」

婉玉實在是拗不過他們，除了再三地道謝外，只好帶著那袋鹹白魚回家，並把詳情告訴美枝。

美枝非但沒有責怪孩子，反而稱讚孩子的做法。然而，卻也想不到一個才十三歲大的女孩子，她的一切作為和想法，竟如同大人般地那麼細膩和老到，同齡的志宏，怎麼能與她相比。

「阿母，您同意我和志宏到他們店裡幫忙嗎？」婉玉問。

「坦白說，你們姐弟倆每月能賺到四百元，對我們這個貧窮的家境來說，幫助實在太大了。但一想到你們三更半夜就要起床，又要走那麼遠的路，阿母實在不放心，也怕你們太累了。」美枝愛憐地說。

「阿母，只要對這個家有實際上的幫助，我們都不覺得累。雖然要早一點起床，但一切習慣就好。沿途上趕早市的人或部隊的採買也不少，可以做伴。況且，我又是和志宏結伴一起去的，彼此間也會相互照應，您儘管放心吧！」

「既然這樣，你們就去試試看吧！」美枝說後，雖然知道自己的孩子乖巧懂事，但不得不重新叮嚀一番，「沿途上要注意自己的安全，如果不巧碰到共匪的砲擊，千萬不要慌張，要就近找掩體躲好，等匪砲轉向後再走。同時也要記住，頭家花錢雇請我們，做伙計的必須付出同等的代價，除了勤勞外，也要自動自發，別像傀儡一樣，人家抽一下，木偶才動一下，這樣是不對的。尤其是做生意的地方，店裡不是貨品就是錢財，千萬不能動人家一分一毫。要時時刻刻地記住，人不能有貪念，更要知道非分之財不可取的箇中道理。志宏沒有妳靈巧，思維沒有妳縝密，妳要時時刻刻提醒他、指導他，這樣我才能放心。」

「阿母，您的吩咐，我會永遠記在心頭的，請您放心！」婉玉說。

砲戰開打後不久，島上除了原有的駐軍外，又陸續地增援不少部隊駐守金門，一方面可以保衛後方的安全，另一方面伺機準備反攻大陸，官兵總人數已突破十萬人，真正達到十萬大軍的目標。

然而，十萬大軍的副食品，除了戰備罐頭外，一般魚肉、蔬菜、雜貨以及烹飪時的佐料，都必須就地採購。砲戰雖然在這個小島上造成無數的傷害，卻也為這個地區製造不少商機。於是，農人種的蔬菜，餵養的家畜、家禽，漁民捕的魚，蚵女剖的蚵，都有了銷售的管道。各種行業的商家從台灣進口應時貨品，為戰地軍民服務，從中獲取應得的利潤。因此，居民的生活，也慢慢地有了改善。但是一般農民，因島上土地貧瘠，又缺乏可資灌溉的水源，雖然三餐可溫飽，卻依然過著必須靠天吃飯的清苦日子，美枝家就是一個活生生的案例。

在傳統的市場裡，菜販和一般賣雜貨的商家是分開的，軍中的採買人員都會準備兩個大籮筐，一個抬著去買菜，另一個則放在雜貨店裡買雜貨。以婉玉姐弟受雇的這家「金和信商號」來說，來這裡買雜貨的大小單位，除了固定的二十幾個大籮筐外，還有不少零星客戶。雖然每天並沒有固定的物品和數量，但交易的金額都是以百計算，每天的營業額少說也有數千元之譜。

經過頭家夫婦幾天來的調教，婉玉很快就進入狀況，除了貨品擺放的位置外，價錢也很快就摸熟了，如果需要磅秤，也難不倒她。每個清晨，幾乎都在緊張、忙碌的狀態中度過。

經常可聽到，婉玉親切地招呼客人的聲音：

「步一連王班長，雜貨單交給我，我來幫您準備。」

「營部連士官長，雜貨單交給我，我來幫您準備。」

「砲本連阿兵哥，今天要點什麼？你唸我來準備。」

……。

姐弟倆與頭家的對話，更是讓人耳熟能詳。

「婉玉，步一連的雜貨準備好了沒有？」

「好了。」

「結過帳了沒有？」

「結過了。」

「志宏，送貨！」

「來囉。」

除了步一連、步二連、步三連、營部連、戰車連、高砲連、衛生連、成功隊、四二砲連、觀測連、砲本連、團部連、師部連……等不同的單位外，其他頭家與伙計的對答，幾乎沒有什麼重大的變化。

婉玉的親切、精明和能幹，志宏敏捷的反應和勤快，都是博取頭家夫婦歡心的最大原由。每當散市後，姐弟倆都會主動整理零亂的貨物，或到倉庫添補貨品，然後才一起回家。頭家夫婦歷年來請過多位伙計，從來就沒有一位能與他們姐弟相媲美的，因此，頭家也不虧待他們，當他們準備回家時，總是不忘拿幾塊錢給他們。

「婉玉、志宏，你們去吃油食粿和土仁湯再走。」

「婉玉、志宏，你們去吃碗『麵線糊』再回家。」

「婉玉、志宏，你們去吃碗『鹹糜』再回家去。」

頭家夫婦的誠意和堅持，讓姐弟倆沒有推辭的餘地，但他們並沒有把頭家賞賜的那幾塊錢花掉。除了少數幾次買了三條油食粿回家和美枝一起分享外，其他的錢，全數交給美枝貼補家用。一回到家，馬上準備上山工作，孩子們的這份孝心，的確讓美枝感動不已，村人對這兩個勤奮又識大體的孩子，也稱讚有加，都說美枝家「燒好香」，才會得到這種福報。然而，婉玉的母親——自己的表妹，志宏的父親——自己的老伴，雙雙被共匪的大砲打死。爾時的悽慘情景，迄今依然無法在美枝的腦海裡磨滅，留下這兩個可憐的孩子和自己相依為命。雖然孩子乖巧懂事，似乎也逐漸地忘了共匪殺父之仇、弒母之恨，但往後的人生歲月，尚有一段長長的路程要走，生在這個亂世，未來是福是禍，是幸與不幸，誰也不敢做臆測和聯想。將來是聽天由命？還是向命運挑戰？端看他們的造化了……。

第七章

在這個戒嚴的小島，反攻大陸的最前哨，居民除了沒有自由外，也必須承受精神和心靈的雙重苦難。每逢重大節日的前夕，都會來一次大規模的「查戶口」。而查戶口並非只是單純的核對家庭成員，它涵蓋的範圍相當廣泛，檢查人員幾乎都是全副武裝的駐軍部隊，每組約六人，由一名軍官帶隊，並配有一位武裝憲兵。他們頭戴鋼盔，腰繫S腰帶，刺刀、水壺、彈包扣在S腰帶的圓孔上，胸前掛著兩枚手榴彈，手中握的是美製槍械，彈匣裝的是實彈，由村指導員配合檢查，鄰長負責帶路。

每到一個家戶，大門或邊門隨即被武裝衛兵鎮守住，檢查人員自主意識相當地強烈，居民受到行動上的限制，不能隨便出入，當他們核對戶口無訛後，一夥人便開始掀鍋掀蓋，翻箱倒櫃，說查就查，說扣就扣，說違禁就是違禁，說帶走就帶走，沒有理由可說，也由不得你替自己或為旁人辯護。

美枝帶著兩個小孩，一家三口單純無比，雖然她不識字，但聽多了那些反共抗俄的口號，再加上遭受共匪砲戰的肆虐，和許多金門人一樣，心中也流露出一股「愛國」的熱忱。每當年節鄰長來收「勞軍款」時，即使三餐不繼，還是會設法兩元、三元地捐獻出來，雖然金額不多，但那份敬軍勞軍的愛國情操，卻也令人相當地感佩。

在砲戰未發生之前，她家的大廳和兩間櫸頭，幾乎全被駐軍佔用。軍隊在大廳兩旁用「土埆」墊高，再鋪上木板和草蓆，做為他們睡覺的地方。每個鋪位上端的牆壁上，還釘上一支長鐵釘，然後把槍掛在上面，以防失落。整間大廳，只留下一條小通道，供她初一、十五在神龕前「燒香點火」，或年節「拜祖公」。砲戰爆發後，那些在這個小島上等待反共大陸的「死兵仔」，隨即搬到山上的碉堡或坑道裡去。長久以來，她幾乎和那些「兵仔」沒有互動，家裡可說連一個印著「軍用野戰口糧」的「兵仔餅」袋子也沒有，遑論是現在這些檢查人員想要找的「軍用品」或「違禁物」。當然，軍用品涵蓋的範圍也相當廣，島上一些有頭有臉、有辦法的人，或是家中有豆蔻年華的漂亮姑娘，抑或是與大官有裙帶關係的社會人士，除了米、麵、油、口糧、黃豆和罐頭外，甚至連煤油爐、煤油燈燃燒的都是「軍用煤油」，蓋的也是軍用毛毯。什麼時候查戶口，也早已有人通風報信，一旦查到他們家時，亦只是虛晃一招，草草了事，可說是靠兵仔「食飯」和發財的。而一般百姓就沒有他們幸運，不來找麻煩已算客氣了，休想會有人來巴結。甚至年節想買一罐軍用豬肉罐頭，或是一包裡面有餅乾、有薑糖、有牛肉乾，還有「柑仔粉」的兵仔餅，也是不得其門而入。

儘管美枝家庭單純、思想純正、生活簡樸，兩個孩子的乖巧更不用說。但往往天有不測風雲，在這個以軍領政的戒嚴時期，只要官員一句話，隨即會有牢獄之災，可說是欲加之罪何患無辭。尤其是那些無法在戰場上打勝仗、立戰功的「阿北哥」，當他們隨著部隊撤退到這個島嶼，精神正處於苦悶與憂鬱時，正好可以藉著查戶口的機會，大顯身手，來替自己內心的苦痛找到出口。於是他們便趾高氣昂、任意地耍弄權力，只要發覺有一點蛛絲馬跡，便想羅織一個罪名來嫁禍於島民。屆時，想辦誰就辦誰、想關誰就關誰，島民誰膽敢反抗不服從？畢竟，這是一個不一樣的年代。

終於，他們在美枝家、婉玉和志宏撿回來的那堆廢鐵中，查獲了一小罐步槍彈殼，並在志宏房間的抽屜裡，查到十幾張共匪打過來的宣傳單。

「這些彈殼從那裡來的？」指導員厲聲地問。

「是孩子到靶場挖彈頭時，順便撿回來的。」美枝答著說。

「彈殼是要往上繳、向上級單位報銷的。一打完靶，彈藥士就趕緊清點數量後裝箱，哪裡撿得到？」指導員提高了聲音，「是不是偷來的？」

「我的孩子一向乖巧懂事，他們絕對不會做這種事的。」美枝辯解著。

「會不會做這種事只有他們自己知道！」帶隊的軍官怒叱著，「這些彈殼從什麼地方來的，總要說個清楚啊！」

「叫妳兩個小鬼出來！」指導員依然高聲地。

當婉玉和志宏出現在他的面前時，只見指導員怒氣沖沖地指著他們說：

「你媽的，上次抬回來一顆未爆彈，現在又惹這個大麻煩，不想活了是不是？在哪裡偷的？快說！」

「我們不是偷的，是在靶場撿的！」婉玉驚恐地說。

「我姐沒說錯，我們真的是在靶場射擊區撿的。」志宏幫著說。

「既然是撿的，為什麼不送到村公所交給指導員？」軍官說。

「我們以為這些彈殼已經打過了、沒人要了，所以才和彈頭一起把它撿回來，準備賣給收廢鐵的阿伯，並不知道它還要繳回去。」婉玉解釋著。

「不要講理由！」指導員神氣地，「等一下到村公所來一下！」而後手裡拿著一疊印刷精美的彩色傳單，問志宏說：「你抽屜裡這些傳單從那裡來的？」

「老師說，撿到共匪的宣傳單不能看，要交給老師。」志宏懼怕地說。

「既然這樣，你為什麼不交給老師，而放在自己的抽屜裡！」指導員怒聲地說：「誰敢保證你沒有偷看共匪的宣傳單！」

「我沒有偷看，我真的沒有偷看！」志宏膽怯地說。

「就算你沒有偷看，但你卻私藏共匪的宣傳單，是不是準備為匪宣傳！」軍官高聲地說。

「你這位官長，不要嚇小孩子好不好？」美枝把志宏摟進懷裡，不屑地對軍官說。

「我嚇他什麼？」軍官氣憤地，「他私藏共匪的宣傳單被查到，理應馬上把他關起來，妳現在反而說我嚇他，妳他媽的有沒有良心！」復又轉身，「憲兵，先把這個小鬼帶到憲兵隊去！」

憲兵移動腳步走了過來。

婉玉雙手一伸，護衛著志宏，並對憲兵說：

「我弟並沒有殺人放火，你們憑什麼帶他走！」

「他偷竊國軍的彈殼，又私藏共匪的宣傳單準備為匪宣傳，比殺人放火還要嚴重，妳這個不知死活的小鬼，妳要給我搞清楚！」軍官指著婉玉，咆哮著說：「妳給我滾開！」

「他並沒有偷竊彈殼，我們是在靶場撿的；那些傳單也只是忘了拿到學校交給老師而已，你們不要冤枉人好不好！」婉玉無懼於他。

「什麼？什麼？妳這個小鬼，妳說什麼？我們冤枉人？」說後示意憲兵，「把他帶到憲兵隊再說。」

當憲兵上前準備拉志宏的手時，美枝除了緊緊地摟住他外，並尖聲地警告他們說：

「如果你們敢把他帶走，我就死給你們看！難道沒有王法、沒有政府是不是？」

「妳敢罵政府，妳他媽的不要命了是不是！」指導員指著她，氣憤地說。

「罵就罵，你們敢把我怎麼樣！」美枝說後，竟然歇斯底里地尖叫著，「夭壽政府！夭壽政府！夭壽政府！」而後鬆開志宏，雙手插腰，「你們敢把我怎麼樣！你們敢把我怎麼樣！沒有王法，沒有政府了是不是？你們不要『軟土深掘』、欺人太甚！」

「妳這個潑婦，我看沒有給妳一點顏色瞧瞧是不行的！」軍官說後，手一揮，「把她們母子帶走，我不相信堂堂一個中華民國陸軍少校副營長，治不了你們這些死老百姓！」

當憲兵和衛兵把她們母子團團圍住時，一旁的鄰長再也忍受不住這些老北貢對美枝母子的欺凌。然而，即使心中有憤懣，也不敢以激烈的言辭來數落他們。

「報告官長，」鄰長試圖替她們求情，「她們這一家實在太不幸了，兩個孩子的父母同時被共匪的大砲打死，一家大小的生計，全靠這位婦人耕種來維持，她們家也是政府登記有案的貧民，我們應該同情她才對。雖然小孩子不懂事出了點小差錯，但這種事對你們這些大官來說，也是可大可小，就請官長原諒她們一次吧！我敢保證，以後絕對不會再有類此事件發生。」

「你保證什麼？你他媽的一個小鄰長憑什麼替他們保證？」指導員不但不替村民求情，反而責罵起鄰長，「一個是辱罵政府的反動份子，一個私藏傳單準備替共匪宣傳，罪證那麼明確，你他媽的有幾個腦袋敢替他們保證！」

「指導員，我坦白告訴你啦，得饒人處且饒人，凡事不要做得太絕！」鄰長不客氣地說。

「你媽的屄，老子還要你來教訓！」指導員憤怒地指著他，「你這個不知死活的死老百姓，活得不耐煩了是不是！你以為做個鄰長了不起啦？那只不過是一隻替老子跑腿的小狗而已，你知道不知道？什麼東西嘛！」

「你不要欺人太甚，吃定金門善良的老百姓！」鄰長激憤而不甘示弱地，「總有一天，你會得到報應的！」

「那是老子的事，由不得你這個死老百姓來操心！」指導員不屑地指著他說。

活在這個不一樣的年代，善良的島民怎麼鬥得過這些囂張跋扈、態度傲慢、舉動蠻橫的老北貢。

美枝和志宏還是被憲兵強行帶走了，儘管帶走的是她們母子的身軀，卻是金門百姓的悲哀和無奈。婉玉緊緊地拉著美枝和志宏的手不放，但隨即被那些殺不了敵人，專門欺負自己同胞的武裝軍人拉開。悲傷的淚水映寫著孤單和無助，儘管有鄰長仗義直言，但還是屈服於現實環境的淫威。雖然沒有達到目的，然而他卻是這段歷史的見證者。

面對自己的親人被武裝憲兵強行帶走，婉玉內心的悲痛可想而知。然而，在這個夜半三更的深夜裡，一個弱小的女子該向何處去求助、去控訴？而又有誰才能夠把自己的親人營救出來？於是她想起了她和志宏受雇的雜貨店頭家，或許只有敦請這種有錢人家出面，才有辦法營救自己的親人。即使頭家受到現實環境的使然而無能為力，自己也不能在家坐以待斃。營救親人雖然是她最主要的目的，然倘若不能如願，也必須去告訴他們，志宏今天不能來幫忙的理由。如果無故不到，又不告知人家發生事故的原委，讓頭家枯等又臨時找不到幫手，屆時，怎麼對得起他們夫婦平日善待她們姐弟的恩德。

婉玉不加思索地關上房門，快速地往鎮上那條小路走。剛走出村莊，隨即被路口的哨兵阻擋住。

「哪一個？」哨兵大聲地問著說。

婉玉一怔，知道哨兵是不能開玩笑的，趕緊禮貌地說：

「班長，我要到街上雜貨店幫忙啦！」

「現在還不能通行，」哨兵用微弱的手電筒看了一下腕錶，「還有十五分鐘宵禁才解除。」

「那我在這裡等一下好不好。」婉玉懇求著說。

「妳最好躲遠一點，萬一被查哨的長官看到，我們可要倒楣。」哨兵無奈地答應。

十五分鐘對於婉玉來說是十分漫長的，但時間永遠是計算的重複者，它畢竟會過去，畢竟會走到一個遙遠的深邃裡。

哨兵剛拉開拒馬，婉玉就迫不及待地一馬當先衝了過去，只見她三步併成兩步，快速地朝那條通往小鎮的羊腸小徑奔馳。來到店裡，已是氣喘如牛，但一想起阿母和志宏被帶到憲兵隊而整夜未歸，情不自禁地悲從心中來，雙腳無力地跪在頭家的面前哭泣著。

「怎麼啦？」頭家趕快把她扶起，關心地問：「發生什麼事了？」

「頭家，我阿母和志宏昨晚被憲兵帶到憲兵隊去了，請您想辦法救救他們！」婉玉淚流滿面地向頭家哭訴著說。

「怎麼會這樣？」頭家驚訝地問。

婉玉邊哭邊把發生的經過向頭家陳述了一遍。

「妳現在不要哭，哭乾了眼淚也無濟於事，」頭家輕輕地拍拍她的肩膀，「一切等天亮他們上班再想辦法。和這些老北貢鬥，我們老百姓永遠是輸家。」

「志宏也真是的，撿那些傳單幹什麼！」頭家娘有些許埋怨，也有一點激憤，「那些人就是專門利用人家的，一旦撿去交，則有功無償；忘了交，卻要被扣上『為匪宣傳』的罪名，簡直沒有天理嘛！」

「現在什麼都不必說了，」頭家阻止她繼續說下去，「等一下讓那些小人聽見，又是麻煩事一樁。等他們上班後，再請鎮公所的軍事幹事設法幫忙，聽說他有一位老長官是防衛部的少將高參，下級單位一聽到防衛部這三個字，幾乎都要怕它三五分。如果他肯出面，只要一句話，那些小官誰膽敢不服從，說不定還會派車送他們回家呢！」

「這些老北貢，就是喜歡小題大作，拿著雞毛當令箭，到處耍威風。如果有機會的話，應該叫那些大官好好教訓教訓他們，也好滅滅他們的威風。」頭家娘不平地說。

「只要婉玉她阿母和志宏沒事就好，其他的，我們也管不了那麼多啦！這年頭，多一事，不如少一事。別忘了，生長在這個島嶼的金門人，都是沒有尊嚴的次等公民，任由那些老北貢呼來喚去的。妳看看，一個小小的村指導員，簡直就像土皇帝一樣為所欲為，百姓只有忍氣吞聲，敢怒而不敢言。」頭家感嘆地說。

「但願我們有鹹魚翻身的一天。」頭家娘期待著、也詛咒著，「如果老天有眼的話，應該給那些囂張跋扈的老北貢一點教訓，才能大快人心！」

「如果老天真有眼，他們早已反攻大陸回老家了，也不會背井離鄉在這裡枯等。這個蕞爾小島也不會因此受到他們的牽連，而無辜地遭受共匪砲彈的肆虐。說不定島上的居民，早已過著太平盛世的美好時光了！即使生活困頓，精神與心靈卻不會受到壓迫，這或許也是島民共同的體認。」頭家說後，搖搖頭，苦澀地笑笑，內心彷彿有無限的感慨，「不過話又得說回來，近十年來，在這個小島上來來往往的北貢兵，少說也有數萬人，多數還是善良有感情的，真正在那裡作威作福、作姦犯科的，都是一些不滿現實的軍中敗類。」

「你說的不無道理，但一顆老鼠屎壞了一鍋粥，島民受到少數人的欺凌或不平等待遇時，即使暫時忍下，但總會把這筆帳記在他們身上；甚至，也會記恨他們一輩子，把所有的過錯，都歸咎於他們，只要一提起老北貢，就恨得牙癢癢的。」頭家娘分析著說。

然而，在這個靠早市維生的繁忙清晨，他們實在也沒有閒暇來討論這種事，況且，談多了亦不能改變目前的現狀，還不如傻傻地，過一天算一天。

採買攜帶著大籮筐一個個來了，雜貨單也一張張交到婉玉手上。外面的吵雜聲，頭家的算盤聲，聲聲牽動著她的心霏。此時唯一冀望的，是早市快一點結束。但店裡少了志宏的幫忙，她的工作量無形中增加了一倍，既要按單取貨，又要幫忙採買送貨，整個早上可說忙得團團轉。即使如此，心中掛念的依然是被憲兵帶走的阿母和弟弟。但願他們能平安無事，早點回家！

經過頭家的協助，美枝和志宏終於被飭回，而且還是坐著軍用吉普車回來的。長久在這塊土地蟄居的子民都知道，在這個以軍領政的戒嚴地區，高官的一句話就是命令，同樣的一件事，可以大事化小、小事化無。相對地，可以讓你生、也可以讓你死；可以讓你清清白白地回家、也可以讓你百口莫辯含冤而終。不管它是所謂的單行法，還是特權，島民只有服從，沒有抗拒的餘地。因為，這裡是戰地，是反攻大陸的最前哨，是保衛台澎不沉的戰艦！

當頭家從鎮公所回來後，婉玉已獲知一切，憲兵隊也接到上級的指示，必須盡快把她們母子送回家，不得有誤。依據防衛部的解釋是：空彈殼是志宏在靶場撿到的，並無「偷竊」嫌疑；放在抽屜的那幾張宣傳單，只是忘了交給老師，並沒有四處張貼或傳閱，構成不了「為匪宣傳」的罪名；美枝因愛子心切，一時氣憤，才會說出「沒有政府」這句氣話，並非「反動份子」。對於帶隊查戶口的軍官，以及村指導員之執法態度，實有檢討之必要。

從這幾點解釋中，明眼人都能看出些的端倪。倘若沒有高官的關照，依目前的情勢來推論，吃虧的永遠是善良的百姓。先收押再刑求逼供，更是情治人員慣用的伎倆，除非你擁有金剛不壞之身，練就刀劍不入的本事，要不，誰承受得了那無情的鞭刑毒打？誰忍受得住從鼻孔灌進辣椒水時的苦楚？而那導向全身的電流，一旦接通電源、按下開關，誰能忍受被電擊時身心遭受的煎熬和苦痛！

當你被打得皮開肉綻、身心俱疲的時候，能不點頭招供嗎？能不在那張不利於自己的白紙黑字上蓋手印或畫押嗎?在這個人人驚心動魄、處處充滿著白色恐怖的年代裡,多少人一去不回、從此下落不明,多少人因此而精神分裂、被囚在牢裡過一生。而誰能替他們平反冤屈?誰又能還給他們一個公道?或許必須問問那無情的光陰歲月吧!

幾個小時的分離,猶如一世紀那麼的漫長,當母女、姐弟見面時,的確是悲喜交加,心中亦有無限的感嘆,除了抱頭痛哭外,其他又能以什麼來彌補他們的心靈創傷。然而,日子總是要過的,不管此時置身的是一個什麼樣的年代,畢竟生活在自己的土地上;而這塊土地對他們而言,不僅有血濃於水的深厚情感,更有不可分割的臍帶關係,因此,不得不認命,不得不暫時向現實的環境低頭,但絕不屈服於那些小嘍囉的淫威!

而那位開口操、閉口操,就他媽沒被人操過的北貢村指導員,終究還是懾服於高官的威權。不久,被島民謔稱為「死無完」的村指導員,其職稱也正式改為「副村長」,職權也淩駕於村長,對村人仍舊以粗暴的語言相向,但待他們孤兒寡母,則較以往溫和客氣了許多。是識時務?還是不久又會故態復萌?抑或是狗改不了吃屎?即使只是三個簡單的問題,島民若要求取正確的答案,或想擷取清平過後的幸福果實,一切端看個人的福份和造化了……。

第八章

砲戰終於逐漸緩和了，即使單打雙不打仍然持續不斷，但與以往激烈的情況相較，可說不能同日而語。

疏遷赴台的金門中學，決定於今秋返金復校，屆時將招考初中一年級新生，共八班四百個名額，特別師範科一班五十名，以及轉回先前寄讀於台灣各中學的初二學生。金門縣政府透過各村里辦公處，把這個訊息轉知因八二三砲戰而不能繼續升學的該屆小學畢業生，並訂於七月二十日，在後浦示範中心國民學校舉行初中入學會考。

婉玉獲知這個消息後，憂喜參半。喜的是一旦考上，始有讀書的機會，將來才有前途；憂的是會增加阿母肩上的負擔。而如果沒有好好準備，萬一沒考取，勢必會讓阿母失望。因此，她的內心充滿著前所未有的矛盾。還有一個重要的因素，更是她不得不思考的問題，那就是志宏。

志宏功課雖然不如她，卻是阿母的親生兒子，在傳統的觀念裡，一切必須以男性為主。尤其讀書，更應該以男孩子為優先，因為女孩子將來長大嫁出去就是別人家的，讀那麼多書是沒有用的。儘管阿母再三地表明，誰考上誰就有書讀，但她寧願犧牲自己、成全志宏，讓他多讀一點書，受完整的教育，將來才能在這個現實的社會立足。然而，若依阿母的個性，是不會認同她此時的想法的，但她還是必須鼓起勇氣，向阿母稟明。

「阿母，我考慮再三，決定不參加今年的初中入學考試了。」

「為什麼？」美枝不解地問。

「經過打聽，讀初中除了要繳學雜費外，又要繳食宿費，一個月要花很多錢。就讓志宏一個人去考，我可以留在家裡幫阿母的忙，也可以繼續到雜貨店工作，每個月賺的錢，足夠志宏讀書用。」婉玉解釋著說。

「該講、該說的，我以前都給你們講過、說過了，現在什麼都不必再說了，好好給我準備考試。至於你們讀書的費用，妳不必操心，阿母會想辦法來解決的。」美枝嚴肅地說。

「阿母，女孩子讀那麼多書沒有用啦！況且，我已經小學畢業，認識的字也不少，加減乘除的計算方式也搞通了，不會是『青瞑牛』啦！我一方面可以工作賺錢，另方面可以幫阿母的忙，三方面可以利用時間到靶場撿彈頭或到處撿砲彈片來賣錢，如此一來，一定能供給志宏繼續升學。如果有一天他能考上大學，那不僅是我們家的光榮，也是我們村子的第一人呢！」婉玉說。

「志宏有多少實力我知道。他沒有妳的聰穎，讀書也沒有妳的專心，阿母雖然不識字，但始終不認為只有男孩子才能讀書。如果我沒看錯的話，一旦妳考上初中，成績一定不會輸給男生，說不定將來考上大學的是妳，而不是志宏。」美枝信心滿滿地說。

「阿母，您高估了我啦，我哪有那麼大的本事。」婉玉謙虛地說。

「阿母不會看錯人，妳好好的給我準備功課去，志宏也要多督促點！」美枝囑咐著，「我再重複一遍，誰能考上誰就有書讀，其他的不用擔心，我會設法一一來克服的。」

「阿母，這樣您會很累、很辛苦的！」婉玉憂慮地說。

「放心吧，孩子！只要你們用功讀書，將來在社會上做一個有用的人，我就心滿意足了。再苦一點，我也心甘情願。」美枝由衷地說。

婉玉和志宏儘管要溫習功課、準備初中入學考試，但清晨依然要到鎮上的雜貨店幫忙，回家後又有做不完的家事和農事，真正能靜下心來讀點書的時間，只有在晚餐過後。

經常地，可以見到姐弟倆，在一盞微弱的「土油燈仔」映照下，聚精會神地溫習功課。然而，或許早上必須早起，工作又太疲累，不一會，志宏就趴在桌上睡著了。有時，任憑婉玉怎麼叫、怎麼搖，都無法讓他提起精神重溫課業。

美枝眼看孩子如此的疲憊，實在也不忍心責罵他。總是說：

「志宏『愛睏』去『眠床』睏；婉玉妳也不要讀太晚，要注意自己的身體。」

美枝儘管對志宏有些無奈，但對婉玉則充滿著無比的信心。雖然她不識字，卻也知道讀書除了必須自己努力外，天份也是相當重要的。如果能兩者相輔相成，讀來勢必駕輕就熟、輕鬆愉快，婉玉就是活生生的例子，從啟蒙到現在，功課一直名列前茅，幾乎不必她督促和操心，若與志宏相較，簡直是兩種不同的典型。

對於這兩個可憐的孩子，美枝迄今未曾偏袒過任何人，即使婉玉不是親生的，但同是她拉拔長大的，也同樣是她往後的依靠。婉玉比志宏懂事已是不爭的事實，婉玉比志宏聰穎也是毋庸置疑的，如果今年的初中入學考試，婉玉金榜題名而志宏名落孫山，她的內心也絕對不會不平衡。誰能考上誰就有書讀，更是她的堅持；如果兩人能同時考上更好，萬一有人落榜，該怪的是他們自己，相信不會有人來怪她的。美枝內心也相當地清楚，她對婉玉的信心，遠遠地超過志宏。

考試那天清晨，他們依舊在鎮上的雜貨店幫忙。頭家娘特別煮了兩碗麵給他們吃，麵中除了有蝦米外，上面還有好幾塊用蔥頭和花生油一起爆香的五花肉，而且還灑了一點翠綠色的蔥花，真是色香味俱全。吃完麵，頭家竟然每人給他們十塊錢零用金，並要他們提早到車站等車，以免過於倉卒。姐弟倆除了感謝，還是感謝，對於頭家夫婦的恩德，他們會永遠銘記在心頭的。

當老舊的公共汽車停靠在後浦車站後，同車的雖然多數是陌生的面孔，但從男生穿著黃卡其上衣配短褲，女生穿著白色的上衣配黑裙來看，應該大部分都是來參加初中入學考試的學生。

從婉玉和志宏黝黑的面龐，以及不起眼的土模樣，一眼就可以看出是從鄉下來的。然而，他們純粹是來考試，並非與人比家世，真正的本事在考場，誰能金榜題名尚不得而知，考試憑的是實力，絕對沒有僥倖。

他們跟在同穿學生制服的人群中，穿過一條窄小的巷道，經過典雅的金門基督教會，前面那棵綠葉扶疏的古榕樹右側，就是金門校區範圍最大、學生人數也最多的小學——示範中心國民學校。也只有這裡，才能容納數百名考生一起應試。

第一節考的是「國語」，當鈴聲響起時，他們依著准考證上的號碼，找到自己的座位。不久，監考老師帶著一疊考卷走進教室，在未分發時，難免要囑咐一番，不得作弊、不得偷看，下課鈴聲響時，不得再作答，要盡快地交卷。這些雖是老生常談，但卻是監考老師的職責。

從整份試卷看來，可說難易適中，除了是非、選擇、填充外，尚有佔國語分數百分之三十的作文。作文題目為「金門」，「金門」這兩個字讀來雖簡單，真正要把它發揮得淋漓盡致則相當不容易。儘管應考的同學，都是在這個島嶼土生土長的在地學生，歷經過砲火的洗禮，走過艱辛苦楚的戰地歲月，大部分亦來自鄉村。誠然，多數人均能深入主題、暢所欲言，把金門的民情風俗、社會型態、怡人景緻、未來展望，書寫得活潑生動；但亦有部分同學，不知如何下筆，只草草寫了兩、三百字，就再也接不下去，當下課鈴聲響起，不得不跟著其他同學一起交卷。

第二節考的是多數同學較弱的一科——「算術」，即使如此，亦有部分同學思維較縝密，又擅於思考，無論問答或計算題，幾乎都難不倒他們。然而，在考場上難免會緊張，再加上看錯題目或粗心大意，因此，考滿分的機率並不高。婉玉考來可說得心應手，志宏則連最簡單的計算題也難於理解，算術也成了他初中入學考試的致命傷。

上午考國語與算術，下午則考常識和口試。

當姐弟倆準備到街上吃午餐時，婉玉迫不及待地問：

「考得怎麼樣？」

「作文完了，算術的計算題全錯。」志宏搖搖頭，臉色凝重地說，而後問：「妳呢？」

「差強人意。」婉玉簡短地答，然後看看他，「作文題目應該很好發揮才對啊，我們可以寫些鄉土民情和砲戰的經過，以及未來的展望；算術的計算題也不難啊，其中有一題我前天不是給你講過了嗎？怎麼一下全給忘了！」

「這一次鐵定是沒有希望了。」志宏有些沮喪。

「下午常識要好好考，據說採取的是三科加起來的平均分數。如果能把常識的分數拉高，足可用來彌補前兩科分數的不足。」婉玉分析著說。

他們來到一家簡陋的小吃店，裡面賣的是一個兩塊錢的包子以及一碗免費附贈的「大骨湯」。當老闆幫他們端上後，志宏一口包子、一口湯，吃得津津有味，不一會就把食物解決掉。婉玉知道他的食量，雖有點捨不得花錢，但還是幫他再叫了一份。

「姐，真好吃！」志宏興奮地誇讚著。

「這種包子只有城裡才吃得到。下午的常識要好好考，一旦考上了，將來到城裡讀書，偶而還可以來吃一個解解饞。」婉玉說後，又再次地叮嚀，「但願我們兩人，都不要讓阿母失望才好！」

「姐，坦白說，考完國語和算術後，我已深知自己沒有希望了，讓阿母失望已是不可避免的事實。幸好有妳，只要妳考取的話，我想阿母就不會太失意。因為妳的成績不僅比我好，而且還是我們學校的前幾名，考上初中是絕對沒有問題的。」志宏真誠地說。

「阿母實在太辛苦了，照理說我應該留在家幫忙，讓你繼續升學才對。況且，在傳統的觀念裡，女孩子讀那麼多書是沒有用的，但阿母卻要我們兩人一起來考，甚至說出『誰能考上誰就有書讀』的重話，實在讓我不知所從。」婉玉說。

「姐，考試憑的是實力，而不是靠僥倖。如果因為沒考上而沒有書讀，我絕無怨尤。我一定會在家裡協助阿母農耕，也會繼續到頭家的雜貨店幫忙，賺錢供妳讀書的。」志宏極端感性地，而後又說：「並非我貶低自己的身價，我知道自己並不是一塊讀書的料子，可能是天生的『做穡命』。姐，妳儘管放心，我絕對會分擔阿母肩頭的重擔的！」

「考試尚未結束、錄取名單尚未公布前，的確是人人有希望，個個沒把握，現在談這些未免太早了，下午的常識好好考才是真的。其他的，我們以後慢慢再說吧！」婉玉開導他說。

志宏淡淡地笑笑，內心似乎很坦然，沒有一點挫折與失落。難道誠如他所說的，是天生的「做穡命」？

常識，或許是所有考生公認為最簡單、最好考的科目。考試時間只過了一半，就陸續有人交卷。也由此可以發現到，志宏想以這個科目的分數來拉高自己的平均得分，已是不可能的事，落榜幾成事實。果真，當榜單公布時，志宏竟連備取生的資格也沒有，可見他在校的功課有多麼地糟，而婉玉的平均分數，則在前五十名之內，姐弟倆的成績與天賦，確實有天南地北之差。

美枝在得知婉玉錄取、志宏落榜後，內心並沒有不悅的跡象，彷彿她早已料到會有這樣的結果：明知志宏的天賦較低，自己又不用功，在試場上怎麼能與全縣數百名學生競爭？依她當初的想法，必須讓他們兩人都去接受公平的考驗，始能讓人心服，但她絕對不會有男女之分與血緣之別，誰能考上誰就有書讀，更是她一向的主張和堅持。

婉玉對於考上初中一事，顯得十分地低調。因為一旦她上了初中，除了增加家庭的負擔外，又不能到頭家店裡幫忙，無形中，多了一份支出，又少了一份收入，但願不要因自己的升學，而讓生活的重擔壓彎了阿母的腰才好。

志宏落榜後，非但不感挫折，反而再三地強調自己非讀書命，似乎一切看得很開。在沒有升學壓力的時候，除了清晨必須到頭家那裡幫忙送貨外，一回到家裡，更是「軋車」、「牛」、「犁」、「耙」，專心地上山從事農耕工作。試圖做一個日出而作、日落而息的「做穡人」。美枝看在眼裡，也喜在心裡，在這個現實的社會，做什麼就要像什麼，與其仰賴別人，還不如靠自己；只要自己爭氣，天無絕人之路！這也是現時代年輕人，必須體認的事實。

臨近中秋，婉玉接到金門中學的個別通知單，該校將於國曆八月二十六日起一連三天，實施新生訓練，九月一日正式上課。裡面並附有一張書本費、學雜費，以及住宿費的繳費單。當婉玉告訴美枝時，美枝二話不說，從一只老舊的木箱裡，取出一個用手帕包著打成死結的小包包。她邊打開、邊說：

「這些錢，有的是你們撿砲彈片、挖彈頭，賣來的錢；有的是雜貨店頭家給你們的錢；有的是我們賣芋頭、賣蕃薯的錢；有的是我們賣豬的錢。這點錢如與有錢人家相比，那簡直是九牛一毛，而你們卻不幸，一個是父成為戰火下的亡魂，但畢竟，我們已從那段悲傷苦楚的歲月走過來，孩子，妳要知道，窮人家是沒有至親好友的，靠的是我們母子三人的毅力，才能生存下來。妳從小就乖巧懂事，學業成績更是名列前茅，阿母有義務讓妳繼續升學，若依目前的學雜費來說，這些錢足夠讓妳讀完一年初中學業。況且，有我和志宏做妳的後盾，絕對不會讓妳因家庭經濟因素而輟學！唯一的冀望是要好好的讀書，別忘了，窮人家的子女也有出頭的一天！」

「阿母……。」婉玉再也忍受不住美枝對她的關愛，竟情不自禁地伏在她的肩上，失聲地痛哭著。

「孩子，不要哭，妳應該為自己能考上初中而高興。」美枝輕輕地拍拍她的肩膀，安慰她說。

「阿母，謝謝您！」婉玉輕拭了一下眼角，哽咽地說：「如果沒有您的拉拔，如果不是在您慈愛的光輝下，享受到母愛的光芒，婉玉早已成為一個四處流浪的孤兒了！」

「乖孩子，不要說這些，人與人之間的相處，可說是一種緣分，命運雖然對我們很殘酷，但我們絕對不能被它擊倒！除了要活得平安快樂外，也要活得有尊嚴！不要自己瞧不起自己，也不要讓別人瞧不起！孩子，這是我們在砲火下以及這個紛紛擾擾的社會上，求生存的基本原則，希望妳與志宏永遠要記住！」

「阿母，會的，我們會永遠記住，不會讓您失望的！」婉玉紅著眼眶，誠摯地說。

儘管婉玉不是這個村子的人，然而她不幸的遭遇，在這個純樸的農村裡，仍然博取眾多的同情，因此，自始至終，村人並沒有把她當成外人。她乖巧、懂事又勤奮，更獲得許多人的讚賞。今年，除了她之外，整個村子竟沒有一個人考上初中，更讓人對她刮目相看。然而，在村人的眼中，美枝的家境並非寬裕，還是政府登記有案的貧戶，她是否有能力供一個非親生骨肉到城裡讀初中？尤其是一個無父無母、因砲戰來依靠她的孤女，如依傳統社會和她的家境而言，或許，早已把婉玉轉送給別人做養女了。因為，養活自己的孩子都感困難，怎麼還會有那份心神和能力，來撫養別人的孩子，甚至還供她讀書。村人的憂慮，美枝亦有同感，但她卻克服種種困難，帶領著兩個孩子披荊斬棘、省吃儉用、一步一腳印，邁向人生光明的路途，讓村人的憂慮化成對她的肯定。

美枝要讓婉玉到城裡讀書的消息，很快就在這個小村落傳開了。有人持肯定的看法，有人則數落她「毋知死活」，自己的生活都有問題啦，還想讓一個非親生骨肉到城裡讀初中，不是「頭殼壞去」，就是打腫臉充胖子，可能學期還沒結束，就繳不起食宿費而輟學回家了。對於這些流言蜚語，美枝並沒有把它放在心上，她知道，窮苦人家的一言一行，往往會被人打折或讓人恥笑的。

臨新生訓練的前一天，美枝親自帶婉玉上街，除了購買學校規定的用品外，又想為她買新的白襯衫和黑裙子，而婉玉卻堅持著說：

「阿母，白襯衫和黑裙子不必買了，反正是同樣的制服，小學穿過的上初中照樣可以穿，只要把繡在口袋上面的校名和學號換掉就行了。」

那些制服我看過了，白襯衫不僅已泛黃，領子也破了；裙子不僅太短，也褪色了。到城裡上初中，不比在鄉下讀小學，儘管我們的經濟不寬裕，但能省則省，該用則必須用，只要把錢花在正確的用途上，就不算是浪費。阿母不能看著妳在數百位同學面前，穿著不合身的破衣裳而抬不起頭來。」美枝說。

「阿母，我知道您的心意，但家裡的每一分、每一毫，都是您用血汗換取而來的辛苦錢……。」婉玉尚未說完。

「不，」美枝搖搖頭搶著說：「這點錢是我們母子三人同心協力、辛勤耕作、省吃儉用而儲存下來的，並不是我一個人的功勞。反而是們你們小小的年紀，就懂得為這個家著想、奉獻，讓這個遭受匪砲蹂躪而沒有男主人的家，沒有瀕臨破碎的邊緣。同時，在今年的初中入學考試中，村裡也有好幾人參加應試，卻只有妳一人獲得錄取，讓阿母感到相當的高興。所謂有一分耕耘，就有一分收穫；想怎麼收穫，就必須怎麼栽，成功的果實不會從天上掉下來的。這份殊榮，絕對是妳平日努力換取而來的成果，而不是僥倖。阿母為妳買新衣、讓妳穿新鞋，就是希望妳有一個好的開始，將來用功讀書，發奮圖強，始能在百尺竿頭上，更進一步！」

婉玉的眼眶，有兩顆晶瑩的淚珠在蠕動，想不到在美枝身上獲得的母愛，比起自己親生的母親有過之而無不及。未來的人生歲月，她將由這道慈愛的光芒牽引，披荊斬棘越過高山峻嶺，踏穩腳步繼續前行，開創出一條光輝燦爛的路途！而不知何日，始能報得三春暉……。

第九章

志宏雖然少了婉玉做伴，但每天還是準時到頭家店裡幫忙。頭家又另外雇了一位小妹，來接替婉玉原先的工作。

然而，歲月無情，常年無休的頭家身體終於亮起了紅燈，經常感到頭暈與四肢無力。頭家娘既不識字，膝下又無子嗣，志宏的生意頭腦即使沒有頭家的靈光，但畢竟他讀過書，除了識字外，一般的加減乘除也難不倒他，而且在店裡亦有一段時間，長久的耳濡目染下，對於各類貨品的存放位置和價錢並不陌生。因此，在頭家夫婦從旁協助與充分的信任下，他竟然當起了小掌櫃，而且做得有聲有色、有條不紊，原本不太熟稔的算盤，經頭家刻意地調教，竟然也打得「嗄嗄叫」。或許，他真的不是一塊讀書的好料子，是俗稱的「做穡命」，但何嘗不也是做生意的「好跤數」？

「志宏，我們倉庫有一輛舊的腳踏車，它是『伍順』牌的，『枝骨』還很好，你牽去修理修理、輪胎順便打打氣，然後找人教你騎，一旦學會了，你就可以把它騎回家。早上來開店門不僅方便，也能夠節省很多時間。」有一天，頭家告訴他說。

志宏聽到這個消息後，簡直喜出望外。他的個子並不矮，雙腿也夠長，學起來一定不會太困難。於是他利用市場散市後，趕緊把它牽到腳踏車店去修理一番。修車老闆檢查過後，只在腳踏車的鍊條上了一些潤滑油，以及打打氣，並沒有更換任何的零件。

會騎腳踏車的人，騎起來既輕鬆又愉快，彷彿不必費力氣似的。只見他們雙手握住手把，左腳放在踏板上，右腳在地上連蹬兩下後跨上，當坐穩後雙腳一上一下地踩著踏板，腳踏車就自然地向前行走。而初學者則必須有人幫忙，扶住後面的載物架，始能讓腳踏車不會倒下，但往往初學者會把身軀偏一邊，致使中心不穩而傾斜。實際上它學起來並不難，經過多次練習後，幾個小時內即可練就上路，奔馳的快慢，則端看各人的體力而定了。然而，腳踏車在那個烽火連天的苦難年代，並非每個家庭都買得起。有了這輛可代步的腳踏車，志宏如獲至寶地興奮了好幾天。

有了腳踏車代步後，志宏更能把握住時間。雖然早市散場後他就可以回家，但他實在不忍心看疲累的頭家還要拖著瘦弱的身軀在店裡打點一切。因此，他經常主動留下來，把貨物添補齊全或整理完畢後再回家，白天的零星生意就交由頭家娘負責照顧，頭家只要從旁協助即可。頭家夫婦對志宏這個既勤快又務實的少年郎，的確稱讚有加，他的薪水也由原先的兩百元，調升到三百元，對於改善貧窮的家境來說，確實有不少的助益。至少，婉玉每月一百五十元的伙食費也有了著落，不必讓阿母發愁。

其實婉玉開學後不久，就看到學校的公布欄裡，張貼著一份清寒學生申請「公費」的公告，那是「大陸災胞救濟總會」針對金馬地區清寒學生而施行的。所謂「公費」，亦只是補助「伙食費」而已，並不包括學雜費。申請資格除了政府登記有案的貧戶，並由村里公所出具證明外，也有一定的限額（就讀烈嶼聯合國校的小金門同學為優先），學業成績也列入審核標準，並非人人可申請、個個可得到補助。如果審查通過，救總每月將補助每位同學主副食費一百五十元，也就是說在學校的伙食團搭伙不必付費。家境清寒的同學如能順利地申請到，每學期將可減少六百元的負擔，對貧窮的人家來說，無疑是雪中送炭。「救總」的恩澤，也讓這些在砲火下成長的清寒學子感激在心。

婉玉檢附的各種文件都符合申請的要求，因此，她當然也在補助的名單之內。當補助案獲得「救總」核准撥款後，學校會把先前收的款項，一一退還給他們。「救總」派駐金門地區的陳姓專員，也趁機集合八十位獲得清寒補助的同學，做精神上的訓話。除了加以勉勵外，也冀望諸同學長大學成後，要以青年的熱血，為國家盡心盡力、為國家犧牲奉獻，以報答蔣總統關懷他們的恩德！然而，這些初中一年級的毛頭小子，距離長大學成尚遠，是否能理解他話中的含意？是否能永遠記得國家給予他們的恩澤？還是這份恩情會隨著時光的消逝而遺忘？就讓那無情的人生歲月，來考驗他們吧！

為了不讓阿母思念和擔憂，以及利用假日上山幫忙農事，婉玉幾乎每個星期六都回家，星期日下午再返校。雖然必須花費好幾塊錢的車資，但能在阿母膝下承歡，能分擔阿母肩上的負荷，一切都是值得的。於是她趁星期六回家時，把學校退回的伙食費順便帶回交給美枝。

「阿母，『救總』的公費已經申請到了，學校把我們以前繳的伙食錢全退了，一共是一個月零八天，一百九十元。阿母，您就收起來吧！」

美枝接下後，內心有感而發地說：

「錢，雖然是身外之物，但對我們這些窮苦人家來說，它實在太重要了。一旦沒有錢而向人家借，可能會四處碰壁。就譬如妳考上了初中，如果沒有錢去註冊和繳食宿費的話，金門中學的大門永遠不會讓妳進去。即使我們不要人家的憐憫，然在這個現實的社會，又有誰會主動來關心我們呢？說一句較難聽的話，在這個現實的世界上，錦上添花的有之，雪中送炭的實在太少了。孩子，不要想仰賴別人，還是靠自己最踏實。老天保佑，我們家的經濟會慢慢地改善的，志宏深得頭家的信任，每個月有三百元薪水，供給妳讀書絕對不會有問題。我們欄裡有牛、有羊、有豬，有一大群雞鴨；山上還有蕃薯、芋頭和花生，再不久都可以賣錢了，如果沒有公費，照樣能讓妳讀書。但願妳放鬆心情，好好讀書，心裡不要承受太大的壓力。」

「阿母，謝謝您，也謝謝志宏。在女孩子讀書『無路用』的傳統觀念裡，您反而讓我讀書，但願將來我會成為一個『有路用』的人！」婉玉感動地說。

「妳會的，阿母對妳有信心。」美枝愜意地笑笑，而後說：「志宏自己說他不是『讀書料』，是『做穡命』，頭家卻說他是做生意的『好跤數』，明年他也沒有重考的意願，好壞已讀到小學畢業，不會做『青瞑牛』就好，一切讓他自已去發揮，生意也好，做穡也罷，好歹是他的命。」

「雜貨店的頭家誇讚志宏既勤奮又規矩，將來一定會有前途的。」婉玉正經地說：「上個禮拜要到學校時，因為往後浦的公共汽車時間未到，就順便去看看頭家和頭家娘。頭家身體變得很虛弱，聽頭家娘說，早市的生意全靠志宏幫忙，志宏生意頭腦不僅靈光也相當精明，算盤也打得嘎嘎叫，以後一定能獨當一面。」

「秋收過後，山上除了犁田整地外，並沒有其他重要工作了。如果星期六回來的話，不妨先到頭家那裡看看有什麼需要幫忙的，人家有恩在我們這裡啊！誠然現在不能報答人家，但人卻要懂得感恩，才能在這個社會上立足，這也是做人的基本道理。」美枝囑咐她說。

「阿母，那我明天早上就跟志宏一起去幫忙，好嗎？」婉玉徵求美枝的同意。

「那明天可得早起。」美枝叮嚀著。

母女正談著，志宏荷犁從山上回來。

「姐，我會騎腳踏車呢！」志宏興奮地告訴她說。

「你那來的腳踏車？」婉玉問。

「頭家的，」志宏得意地，「現在由我使用。」

「有那麼好的事！」婉玉羨慕地說。

「妳想不想學？」志宏問。

「你要教我嗎？」婉玉斜著頭，笑著說。

「我是摔倒過好幾次的，手腳都曾受傷過；如果妳不怕摔的話，我們現在就走！」志宏神氣地說。

「放心好了，我的皮比你厚，摔不痛我的！」婉玉笑著說。

志宏牽著腳踏車，姐弟倆來到宮口前的「紅赤土埕」。

「姐，我先騎一圈讓妳看看。」志宏說後，腳一蹬就跨了上去，輕輕鬆鬆地踩著踏板向前行。

當他回到婉玉面前時，婉玉自信滿滿笑著說：

「簡單啦，看你騎的那麼輕鬆，對我來說似乎也不會有什麼困難的！」

志宏把腳踏車的把手交給她，笑著說：

「姐，說來簡單啦！就像我們剛學犁田的時候，每一趟都是歪歪斜斜的，明明知道自己經驗不夠到，卻偏偏怪老牛沒有走好。不信，妳試試看就知道了。」

「笑話！」婉玉有點不相信。

志宏雙手扶住載物架，讓婉玉上車坐好，當她開始踩踏板時，身體不僅傾向一邊，把手也不停地搖晃。

「坐好，」志宏在後面叫著，「把手不能晃動，身體不能斜一邊，眼睛向前看！」

然而，沒有走多遠，整輛腳踏車就傾向一邊而倒下。志宏快速地扶起後輪，讓婉玉的腳閃開，才沒有被壓住。

「叫妳雙手握住把手不要晃動，妳偏要亂晃；叫妳身體不要斜一邊，妳偏要歪斜；叫妳眼睛向前看，妳偏要看把手！」志宏數落她說，並丟下一句，「真笨！」

「我笨？」婉玉指著自己的鼻尖，不服氣地說：「你的力氣不夠，讓車子倒下，差一點壓住我的腿，還敢怪東怪西的說我笨！」

「妳不是說很簡單嗎？」志宏再次地數落她，而後，開玩笑地說：「姐，坦白告訴妳啦，學騎腳踏車，比考初中還難！」

「少吹牛！」婉玉皺了一下鼻子，「來，再來試試看，不過你可得多用點力氣扶住後架，別讓車又倒了。」

當婉玉右腳剛跨上車，志宏就高聲地喊著：

「眼睛看前面，屁股不要歪……。」

志宏還未說完，婉玉情不自禁地哈哈大笑笑，身體一傾斜，車子又倒了。

「妳沒有笑過是不是？」志宏埋怨著說，

「你扶住後架就好，別在那裡鬼叫、鬼叫，可以不可以！」婉玉笑著說。

「我是提醒妳，」志宏不屑地，「真是不識好人心！」

「我上車後，你最好不要講話，讓我自己騎！」

「好、好、好，我不說、我不說，看妳有多大的本事！」

果真，少了志宏的吼叫，婉玉在沒有心理負擔下，竟然順利地騎了二十幾公尺。

「把手又亂晃了，屁股又坐歪了……。」志宏剛提出警告，車子竟然又倒下了。

「叫你不要鬼叫、鬼叫，你偏要叫！」婉玉又一次地埋怨他說。

「如果我不提出警告的話，妳會摔得很慘！」志宏理直氣壯地說。

「廢話少說，」婉玉扶起腳踏車把手，然後拍拍座墊，「你再幫我扶幾圈，今天無論如何要學會。」

「我沒說錯吧，」志宏看了她一眼，「是不是比考初中還難？」

「反正想學什麼，都沒有那麼簡單就是了，」婉玉笑著說，而後神祕地，「不過它怕一種人。」

「什麼人？」志宏不解地問。

「有心人！」婉玉說。

「姐，難道妳不覺得，妳說的是一句沒水準的廢話嗎？」

「如果廢話還要講求水準的話，那就不叫廢話啦！」

婉玉說後，姐弟倆情不自禁地哈哈大笑。

三圈過後，志宏趁著婉玉不注意時，偷偷地鬆開扶住後架的雙手，讓她自己踩著走。然而，當婉玉發覺志宏鬆手時，一時緊張，又忘了煞車，車子倒下不打緊，又滑行了好幾尺，婉玉的腿擦傷了好幾處。

「糟了，」志宏一陣慌張，趕緊跑過去，關心地問：「姐，摔傷了沒有？」

「我會被你害死！」婉玉瞪了他一眼，輕輕地撫撫自己的腿部。

「會不會痛？」志宏把她扶起。

「不痛才怪！」婉玉做了一個痛苦的表情。

「妳不是說妳的皮厚，不怕摔嗎？」志宏消遣她說。

「你欠揍是不是？」婉玉握住拳頭，做了一個想打人的手勢。

「我是實話實說啊！」志宏看看她，然後拍拍座墊笑著說：「妳不是說今天無論如何要學會嗎？來啊，趕快再練習練習，不然的話天要黑了。」

「來就來，怕什麼！」婉玉輕輕地拍了一下衣服上的灰塵，而後神氣地說：「共匪的大砲都不怕，還怕這點小傷！」

「滿口的英雄氣慨，」志宏取笑道，「回家後，阿母如果問起妳的傷勢，可別說是我害的！」

「放心，這點皮肉傷，我是不會放在眼裡的。」

「如果讓阿母知道，她一定會說：『我心肝，會痛袂？』，妳信不信？」

「廢話，難道你不是阿母的心肝？」

「妳是阿母的心肝，我只是她的腸肚啦！」

姐弟倆又笑成一團。

歷經多次練習，婉玉雖然能自己踩著走，但還需要學習上車起步，始能不必仰賴別人的扶助而行走自如。當然，這點小本事是難不倒她的，因為她對自己充滿著無比的信心。

次日凌晨，婉玉在美枝的鼓勵下，又重新和志宏結伴，來到頭家的雜貨店幫忙。他們不必再抄小路，走在陰暗的荒郊野外，而是由志宏當車手，用腳踏車載著婉玉，行走在較寬闊的馬路上。

經過歲月的歷練，志宏早已不是一個瘦弱的毛頭小子了，而是一個在苦難中成長的「少年家」。因此，載起一個只大他幾個月的阿姐，可說是輕而易舉的事。婉玉緊緊地抱著他的腰，從腳踏車輪下輾過的，是無可取代的姐弟深情。在眾多村人的眼中，似乎只有美枝，才能教養出這種乖巧懂事的子女。砲火雖然奪走了他們的至親，但並沒有讓他們喪失希望，在母子三人同心協力下，終於走出窮苦的人生歲月。即使未來仍有一段長長的路程要走，但他們已練就一身好腳力，不管路途有多麼地崎嶇險峻，不管生命中的風霜和雨雪，他們只會向前行，絕不退縮。

來到店裡，頭家無精打彩地坐在櫃台旁的一張藤椅上吸煙，頭家娘已把店門開啟，正等待著志宏來卸門板。

「頭家、頭家娘早安！」婉玉見到他們，禮貌地說，「我阿母知道頭家的身體有點不舒服，要我代她來問候，也順便幫店裡的忙。」

「真是謝謝你們啦！」頭家娘說。

志宏卸好門板，婉玉除了問候頭家外，並沒有多和他們閒聊。在尚未進城讀書前，她曾經在這裡工作過，對於店中的貨物和存放位置瞭若指掌。因此，她自動自發地把零亂的貨物擺好，該添補的則到倉庫取貨，客人來了，以甜美的聲音招呼著，儼然像自家開設的商店一般。

不一會，各單位的採買車陸續開到，穿著草綠軍服的採買，帶著籮筐也相繼地來了；二十幾個大小不一的籮筐，堆放在店裡的兩側。婉玉協助小妹按單取貨，並適時把貨單交予志宏結帳，倘若有不清楚的地方，身體疲弱、正閉目養神的頭家，就坐在志宏的旁邊，隨時可以問。在這忙碌的早市中，頭家娘雖然使不上力，但店中有她雙目觀望的眼神，也能減少一些貪小便宜的客人順手牽羊的情事發生。儘管人來人往有點吵雜和紊亂，但卻未曾發生過重大的差錯，各單位的雜貨和代送的蔬菜，亦從未送錯地方。價格公道、待人親切、服務周到、童叟無欺，或許就是這家老字號商店能財源滾滾、大展鴻圖的主要因素。

然而，常年的勞累讓頭家的身體已不能負荷這種繁忙的工作，頭家娘也無法獨當一面，膝下又無子嗣，屆時，是否能長久雇請伙計來經營？還是必須歇業？未來的事，誰也不敢任意地臆測和聯想。

婉玉用手推車，幫忙推了好幾趟雜貨和蔬菜。她清湯掛麵的學生頭，甜美而姣好的臉蛋，加上落落大方的氣質，的確讓那些採買留下深刻的好印象。於是，有老北貢要收她做乾女兒，有台灣兵要請她吃早點，即使她知道這些只是玩笑話，但內心裡卻有一份無名的喜悅蕩漾著，只因為她已經長大了，是許多人羨慕的中學生了，當然會有情竇初開的少女情懷和夢想。

散市後，頭家娘煮了一鍋稀飯請他們姐弟吃，並以麻油豆腐乳、鹹鴨蛋、鹹白魚和油條當佐餐。姐弟倆雖未曾見過一鍋那麼潔白又那麼濃稠的稀飯，然而，他們內心卻相當清楚，這種米，或許就是窮人永遠吃不到的蓬萊米吧！而麻油豆腐乳和鹹鴨蛋，也是他們未曾嚐過的珍饈啊！

儘管這種米是有錢人才吃得到的，可是頭家卻一點胃口也沒有，他唯一的嗜好，似乎是坐在那張年代已久的藤椅上，微閉著深凹的眼睛，吞雲吐霧一番；而且是一支接一支，樂此不疲。過後，便是一聲聲猛烈的咳嗽聲，彷彿要咳出心肝肺腑似的，讓人心生憐憫和不捨。然在這個戒嚴地區，在這個被戰火蹂躪過的小島上，居民原本就是次等國民，醫藥水準更是普遍落後，善良的島民只懂得服從，只懂得做順民，只懂得被人利用，而又有誰會來關懷他們的健康呢？頭家的身體，真教人擔心啊！

第十章

年關將近，婉玉也開始放寒假了，在全班四十八位同學中，她得到第五名，這份成績雖然差強人意，但若依婉玉的天賦而言，似乎還有進步的空間。面對高手如雲的金中校園，婉玉不敢掉以輕心，如何在原有的基礎上求進步，這才是她必須思考的問題。

婉玉利用時間，把日常用的鍋碗瓢盆，都搬出來清洗一番。污垢較重的，她就用抹布沾細沙，猛力地搓洗沖刷；甚至鍋台、神龕、供桌，以及一般桌椅和地板，都清洗得乾乾淨淨。古厝雖老舊，桌椅亦非新品，卻有煥然一新之感。

年前，美枝把欄裡兩頭大肥豬給賣了，卻捨不得賣掉那幾隻飼養多時的雞隻，尤其其中一隻大公雞，她必須留到正月初九殺來「敬天公」，然後到中藥房配些「十全大補」燉給婉玉和志宏吃，好讓他們趕快「轉大人」。另外準備一隻，叫志宏帶去送給頭家，感謝他們夫婦倆長期以來對孩子的照顧。當然，以頭家富裕的家境而言，這隻雞對他們來說並不稀罕，但俗話說

「禮輕人意重」，只是聊表對他們的一點敬意和謝意而已。同時，田裡還留有一些芋頭，平時既捨不得吃又捨不得賣，純粹是留到年節祭拜祖先用的。雖然數量不多，她似乎也應該選幾個沒有被蟲噬又大一點的芋頭，送給頭家他們。坦白說，大魚大肉他們看多了、也吃多了，偶而吃幾塊既鬆又香的檳榔芋，或許，比吃其他珍羞佳餚，還要讓他們高興吧！

「婉玉，家裡也清洗得差不多了，妳的寒假作業也是利用晚上寫，如果沒有其他重要的事，我看妳還是到頭家店裡幫幫忙。頭家身體一直沒有好轉，頭家娘要準備年菜祭拜祖先，年前生意又特別的好，店裡的人手一定不夠，也可以順便幫幫志宏的忙。」美枝告訴她說。

「阿母，我正有這個想法，想不到被您先說出來了。」婉玉興奮地，「真是母女連心，知女莫若母啊！」

美枝笑了，笑得很愜意、很燦爛！母女的笑聲同時在這棟古老的屋宇迴盪，久久，回音依然繚繞在她們的耳際，讓她們感受到，世間少有的幸福和溫馨！而這種無可取代的幸福和溫馨，只有安貧樂道的人，始能體會出它充滿著美麗芬芳的原意。

當婉玉來到頭家的店裡時，除了協助志宏取貨和補貨外，並利用較多的時間走進「灶腳」，把所有的廚具和鍋瓢都做了一番大清洗。頭家娘因平日忙於生意，又必須照顧病中的夫婿，整個起居室和廚房幾乎和店裡的雜貨一樣地零亂。於是該洗的、該收的、該換的、該清的、該丟掉的，婉玉整整花了好幾天的功夫，才理出一個頭緒、清理完畢。頭家娘雖然感到有些不好意思，卻也對婉玉這個貼心又善解人意的女孩感佩在心。美枝對他們家的關心，志宏在生意上的協助，都是她要感謝的對象。然而，這家人雖然出身貧寒，但卻有窮苦人家的傲人風骨，據頭家娘長久的觀察，店裡由他們經手的財物，可說難以計數，卻從未發現有短少的情事發生。有時要他們帶點鹹魚或乾貨之類的貨品回家烹飪當佐餐，他們亦再三地稱謝推辭。不貪非分之財、不佔人便宜、不好高騖遠，充分發揮金門人克苦耐勞的精神，或許，就是這家人能從逆境中力爭上游的最大主因吧！

除夕前三天，美枝已蒸好了年糕，它也是在地人俗稱的「甜粿」。美枝心想，頭家只有夫婦兩人，再加上生意忙碌，可能不會自已蒸年糕，於是她特別挑選了一塊表面上較好看的，以及六個大芋頭，一隻雞，由婉玉和志宏姐弟倆順便帶去送給頭家他們。

「頭家娘，這是阮阿母送給你們過年的一點小意思啦！」婉玉把籃子裡的東西一一取出來。

「妳阿母那麼客氣，教我如何承擔得起！」頭家娘由衷地說。

「您和頭家對我們姐弟的照顧，阮阿母一直感念在心。她老人家也常常掛念頭家的身體，希望頭家的身體，很快就能康復起來！」婉玉說。

「老伙仔的身體是一天不如一天了，」頭家娘搖搖頭，感傷地說：「每天咳個不停，『面肉』一天一天的消瘦，吃什麼藥都無效，真教人擔心啊！」

「頭家娘，您不要擔心，吉人自有天相，相信頭家的身體，很快就會好起來的！」婉玉安慰她說。

「幸好店裡有你們姐弟的幫忙，生意非但沒有受到影響，反而比以前更好。今天，我應該感謝你們全家才對！」

「不，頭家娘，您千萬不要這麼說。頭家在我們最困難的時候，把騎樓供我們賣芋頭、賣蕃薯；復又讓我們姐弟在店裡幫忙、賺取工資；現在每月又給志宏那麼高的待遇，讓我們家的生活環境改善了不少，也因此我才能上初中。頭家娘，您與頭家施與我們的恩德，我們全家都銘記在心！」婉玉由衷地說。

「這點小事不必掛齒，人必須建立在相互幫助上。就好比這一次，店裡如果沒有志宏的幫忙，就憑我這個女人家，怎麼應付得了那麼多的採買，說不定老早就關門了。」頭家娘停了一下又說：「即使能夠雇請別人來幫忙，但像你們姐弟那麼老實可靠的人並不多。這點也是我與老伙仔數年來雇請多位伙計，最深切的感受。有時候想想，寧願少做一點生意，也不要雇請一些『歹手爪』的伙計，來為自己添麻煩。」

採買已陸陸續續地來了，各單位的伙食團幾乎都知道，商家要年後初三才開始營業，所以都會預做準備，把這幾天的菜買齊；同時，軍中伙食團每逢年節，上級單位都會依照驗放人數核發加菜金，為戍守在金門前線的官兵加菜，因此，這幾天的生意可說特別地好。做完早市後，接下來賣的是一般百姓，營業時間也較以往為長，志宏、婉玉和另一位小妹，可說忙得不可開交。

然而，當營業告一個段落他們準備回家時，頭家娘卻在他們原先帶來東西的那個籃子，裝上金針、木耳、米粉、鹹小卷、鹹白魚，以及一塊少說也有三斤重的豬肉。姐弟倆雖然再三地稱謝和推辭，頭家娘卻說了重話。

「如果你們不把這些帶回家，我就把你們早上帶來的年糕、芋頭和雞，全部還給你們！」

婉玉深知這是頭家娘的一番誠意，但卻感到受之有愧，因為他們家蒙受頭家夫婦的照顧實在太多了，豈能再接受如此的厚禮。於是，她婉轉地說：

「頭家娘，這樣好了，我拿幾條鹹白魚回家煮，因為阮阿母很喜歡鹹白魚的『鹹香』味，其他的您就留下來。」

「妳再不聽話我可要生氣了，」頭家娘堅持著，「這些都是店裡賣的，又不是專程去買的，還跟我客氣什麼！」

「可是這塊豬肉是您親自去買的啊！」婉玉說。

「這塊肉又能值多少？」頭家娘不在乎地，內心似乎有無限的感慨，而後，誠心真意地說：「孩子，人與人之間的相處，有時也是一種緣分，它是金錢換不來、買不到的。這些日子來的相處，你們姐弟就彷彿是我的子女一樣，讓我們夫妻有家的溫馨，沒有老年時的孤獨感。如果你們的阿母不嫌棄的話，你們姐弟倆就做我們的義子女吧，往後大家也可以相互照顧。」

「頭家娘，謝謝您對我們姐弟的厚愛。回家後，我會把您的意思稟告我阿母，相信我阿母一定會同意的。但願我們姐弟，真的能在您與頭家的膝下承歡。」婉玉由衷地說。

「但願如此……。」頭家娘的眼眶紅而微濕。

在頭家娘的誠意和堅持下，婉玉不得不把她送的物品帶回家。

志宏把籃子綑綁在腳踏車的後架上，婉玉則坐在前桿，雙手握住把手。

「姐，妳還真重！」志宏邊踩邊喘著氣說：「我快踩不動了！」

「真沒路用，」婉玉消遣他說：「前面載一個人，後面載點東西，就氣喘如牛啦！空有大個子，有什麼用！」

「妳來載載看？」志宏不屑地，「我倒要看看妳有多大的力氣？」

「一個大男生讓女生來載，你不覺得丟臉嗎？」婉玉提出反駁。

「別忘了妳是我姐耶，」志宏喘著氣，笑著說，「姐載弟是天經地義的事，又有什麼好丟臉的！」

「以前你矮我半個頭，現在足足高我一個頭。弟，你長大了，可以獨自支撐這個家了。」婉玉有感而發地說。

「妳是想快一點嫁人是不是？」志宏笑著問。

「嫁你的大頭啦！」婉玉雙頰有點熾熱。

「妳不是想快一點嫁人是什麼？要不然的話，妳為什麼不說：我們都長大了，可以合力支撐這個家了；而妳卻偏偏說：你長大了，可以獨自支撐這個家了。明明是想早點嫁人離開這個家嘛！」志宏得理不饒人，繼續地奚落她。

「老實告訴你，我是不能沒有阿母的，也永遠不會離開阿母。」婉玉極端感性地說。

「妳想留在家當姑婆？」志宏取笑她說。

「難道你想趕我走？」婉玉笑著問。

「我們可說是一對歷經砲火蹂躪的難姐難弟，同患難、共生死更是我們生存下來的最大元素。和以前一樣，我們將在阿母慈祥的懷抱裡相依為命，同守這個被砲火摧殘過的家園。無論時局如何地變遷，無論未來的生活環境能獲得多大的改善，姐，我們誰也不能離開誰，誰也無權趕誰走！這也是我們必須有的共識。」志宏認真地說。

「你的想法沒有錯，從你的思想和言談中，也可以發覺到你已經長大了、成熟了！我雖然多讀了一點書，但在思維上，有時候還沒有你來得縝密呢！」婉玉說。

「姐，妳在金中讀書求學問，我在店中學習做生意，各人在不同的領域求發展，但願我們都有成功的一天，才不會辜負阿母養育我們的那番苦心！」志宏有感而發地說。

「不錯，在未來的人生歲月裡，我們除了要孝順阿母外，也要相互鼓勵和扶持！」婉玉心有同感地說。

當他們回到家，美枝看到滿滿的一籃子東西時，已意識到是怎麼一回事。

「怎麼拿人家那麼多東西？」美枝埋怨著說。

經過婉玉的解釋後，美枝始慢慢地釋懷。

「阿母，頭家娘還說要收我和志宏做她的義子女，要我回家問問您的意思。」婉玉據實說。

「人家是有錢人，我們這種窮人家，怎麼高攀得起。」美枝淡淡地說，「可能是頭家娘在跟你們開玩笑吧！」

「阿母，如果我沒看錯，頭家娘絕對是誠心的、也是認真的。不信，您可以問志宏。」婉玉正經地說。

「阿母，姐說的沒有錯啦！頭家娘說，如果阿母不嫌棄的話，要收我們做義子女；她還說，往後大家也可以相互照顧。」志宏轉述著。

「既然頭家娘是出於一片誠心真意，阿母當然樂觀其成。」美枝微微地笑笑，「不過你們也要記住，一旦成為事實，你們就要盡到為人義子女的孝道，而這份孝道是出自你們內心的，不是表面功夫，更不能有所求、有所圖！這也是為人處世的基本道理。」

姐弟倆同時點點頭，而後相視地笑笑。

那晚，美枝用豆渣和蕃薯粉攪拌，再加上一些調味料，捏成一個個如碟子般大小的粿狀物，然後放在蒸籠裡蒸熟，它就是傳統俗稱的「豆渣圓」。另外還用川燙雞鴨與肉類的湯汁，加上些佐料後便成了「雞湯」，在那個苦難的年代，貧窮人家小年夜沒有大魚大肉可吃，就以豆渣圓配雞湯來果腹，並押上韻，戲稱為「二九下昏，食豆渣圓配雞湯」，來自我安慰和解嘲。

美枝家今年準備祭拜祖先的年菜，的確與往年大不相同。因為孩子長大能賺錢了，加上農作物樣樣豐收，又賣了豬羊和雞鴨，除了有足夠的能力供給婉玉讀書外，自家的生活品質也改善了不少，這些都是列祖列宗的保佑。因而，她必須以更豐盛的佳餚，來敬拜祂們。

她殺了一隻自家養的雞，買了兩斤「三層肉」，一條「豬尾骨」，還有三斤「青鱗魚」，以及一些乾貨和「米粉麵」，再加上頭家娘送的金針、木耳、鹹小卷、鹹白魚和一塊足足有三斤多重的豬肉，今年過年，可說是太豐盛了。因此，當她川燙好那些肉品撈起時，又切了好幾塊肉下鍋，並放了少許的「冬菜」和調味料，煮了一鍋美味可口的「雞湯」，好讓一家大小在「二九下昏，食豆渣圓配雞湯」，而他們的雞湯可不是「無味無素」的清湯，而是「有鹹有甜」的湯頭。在蒸豆渣圓的時候，美枝也同時放進一些俗稱「芋子芋孫」的小芋頭一起蒸。

當熱騰騰的豆渣圓和小芋頭起鍋，當一鍋冒著水蒸氣而色香味俱全的雞湯端上桌，在這個冷颼颼的小年夜裡，母子三人圍在那張老舊的「食粥桌仔」，吃著傳統的豆渣圓，品嚐著雞湯的美味，還有那些象徵著代代相傳的芋子芋孫。即使還有很多菜餚可烹飪，母子三人大可先大快朵頤一番，但他們依然墨守著傳統的習俗，始終沒有忘記那段艱辛苦楚的農耕歲月。若以現代人來說，只要生活環境稍為好一點的，在這個小年夜裡，魚肉都吃膩了，遑論是那些沒有營養價值的豆渣圓。然而，人生在世，並非只為了貪圖美酒佳餚或物質上的享受，在這塊土地上成長的島民，還有一個更重要的使命，那就是以虔誠之心，來敬拜、來緬懷為我們開疆闢土的老祖宗。

吃過「豆渣圓配雞湯」後，美枝與婉玉母女倆，並不能馬上休息，必須準備明天敬拜祖先的菜餚。剝蒜菜、煎豆腐、刮芋頭、洗金針、泡木耳……等。許許多多雜碎的工作，都必須利用今晚做完，以免明天來不及。同時，也要把晚上川燙過的豬肉做一個分類，除了留下一部分外，其他較好的上肉，則必須用鹽把它醃起來，再用吊籃把它掛在通風處，以防肉類失鮮和腐臭。因為很多親戚朋友，都是利用「正月」較清閒時，相互拜訪或探視。往往當客人蒞臨時，為了表示歡迎和敬意，主人會先煮碗點心給客人吃，而這碗點心雖然離不開「米粉麵」，但最重要的還是要看用什麼「料」來「鋪碗面」。所謂的「料」，亦即是配料，有錢人用的是香菇、蝦米、雞蛋和新鮮的瘦肉；較清苦的家庭，只能切幾小塊醃肉和「蔥頭油」一起爆香、炒熟，然後鋪在上面，來突顯這碗點心的價值，它就是俗稱的「鋪碗面」。

當所有的準備告一個段落時，已是深夜時分，母女倆早已疲憊不堪，甚至哈欠連連。

「去睡吧，婉玉，明天還得早起呢！」美枝話裡，隱藏著無數的母女深情。

「阿母，您也早點休息！」婉玉心中似乎也感同身受。

夜，更深了……。

第十一章

初一早、初二早、初三就無巧、初四食糜配芥菜、初五隔開……。年，終於隨著時光的消逝而過去了。商家開市了，工廠開工了，農人也下田準備春耕，一切都已恢復正常的運作。

在過年的這段期間，美枝一直想著一件事，那便是頭家娘要收婉玉和志宏做為義子女的事。雖然自己感到高攀不上，但這件事的始末，並非由他們主動提起，而是頭家娘提議的，甚且還要徵詢她的同意。從孩子的轉述中，雖然能體會到頭家娘的誠心真意，說來也是美事一樁。然而，人言可畏，別讓人誤以為貪圖人家什麼。可是繼而一想，嘴巴長在別人的身上，愛怎麼講任由他們講去，只要自己問心無愧就好，又有什麼好懼怕的！

於是初六那天一早，美枝買了豬腳麵線和香燭紙錢，親自帶著婉玉和志宏姐弟倆來到頭家的店裡，頭家娘已知道她的來意，但對於她如此周到的禮數，仍有點受寵若驚。

「美枝姊，妳用這麼大的禮數，教我如何承當得起！」頭家娘由衷地說。

「你們夫婦既然誠心真意要疼惜這兩個孩子，這點禮數是應該的。除了祈求祖先的保佑外，也好讓他們向你們叩個響頭，往後請你們多教導、多疼惜！」美枝慎重地說。

「美枝姊，妳言重了！這兩個孩子的乖巧、懂事和勤奮，可說有目共睹。今天他們能獲得左鄰右舍以及所有客戶的讚揚，純粹是妳平日教導有方。」頭家娘誇讚著，而後又說：「妳是知道的，我們辛苦了一輩子，竟連一個能延續香火的子嗣也沒有。如今，老伙仔病魔纏身，想恢復健康已是不可能的事，空有一點銀兩又有什麼用，到時連一個『舉幡仔』的人也沒有，真是情何以堪啊！」

「頭家娘……。」美枝尚未說完。

「好姊妹，妳就叫我秀春吧！」頭家娘搶著說。

「這樣會不會太失禮？」美枝有點惶恐。

「不會啦，叫我秀春反而更親切！」頭家娘坦誠地說。

「關於頭家的身體，我看妳也不要太悲觀。」美枝開導她：「去年的歹運，已經過去了，今年一定會風生水起好運來！」

「不是我悲觀，我們的心裡都有數，可能拖不過清明節了……。」頭家娘搖搖頭，內心似乎有無限的感慨。

「不會啦，秀春！妳自己要振作起來，對頭家的病情也要有信心，好人會有好報的，千萬不能悲觀！」美枝安慰她說。

「好姊妹，」頭家娘緊緊地握住美枝的手，紅著眼眶說：「萬一真到了那一天，妳和孩子必須幫助我……。」

「先別說這些……。」美枝想轉移這個令人悲傷的話題。

「不，我說的是實話。」頭家娘一雙孤單無助的眼神看著她。

「萬一真有那麼的一天，」美枝有些哽咽，「秀春，只要妳信得過我們母子，我們會做妳的後盾！」

「好姊妹，有妳這句話我就放心了……。」頭家娘的嘴角掠過一絲淡淡的笑意，而後又說：「妳是知道的，『街路人』較現實，沒有鄉下人的淳厚；即使是多年的『店邊』，講的仍然是利害關係，沒有一點人情味，這也是我往後必須求助於妳的地方。」

「妳放心好了。從今起，妳就是孩子的『契母』，志宏也在妳們店裡『吃頭路』，有什麼事請通知一聲，只要我能力所及的話，絕對義不容辭地來為妳效勞！」美枝保證著說。

婉玉和志宏經過簡單的儀式後，正式成為頭家夫婦的「契子女」。這件事因純粹是頭家娘一手促成，並沒有引起一些好事者或長舌婦的非議，反而說如能把他們視為己出，將來必有依靠，香火也不會中斷，甚至以志宏的勤奮和「生意跤數」，亦能把原來的事業發揚光大，這無疑是他們夫婦前世修來的福份。

然而，儘管多了一層「契母」與「契子」的關係，但在美枝不時的提醒下，志宏從未逾越分寸，依然把店內整理得有條不紊，帳目結算得清清楚楚，對「契父」、「契母」更是晨昏定省、照顧有加，如同自己的親人。而不幸，頭家在「二月二，煮貓粥糊貓鼻」過後的第二天走了，走到一個遙遠的極樂世界。

頭家居住的是店屋，並非一般古厝，加上店內堆滿著各式各樣的貨品，當他彌留時，志宏除了一面通知阿母趕緊來幫忙外，一邊則忙著把店裡的貨物搬開，以便挪出空間，好為「契父」搭「水床」。然而，一個人的力量畢竟有限，志宏不得不找朋友來幫忙。好不容易把空間清理出來，阿母也適時趕到，志宏在她的囑咐下，搬來兩張「椅條」橫放在靠東的角落，並從頭家的「眠床」卸下四塊鋪板放上去，然後鋪上草蓆，擺上枕頭，搭成一張傳統習俗下的水床，好讓即將往生的人，在上面等待淨身、更衣，而後入殮。

志宏在頭家娘和他阿母的協助下，把疲弱而奄奄一息的頭家，由內室揹到前端的水床上，讓他平躺著。只見頭家雙眼緊閉，並從嘴中吹出一口口微弱的氣息，老一輩的人都知道，當人即將往生時，已不能和正常人一樣從鼻孔呼吸，而是把體內盡存的一點氣息，從嘴中吐出來，它也是俗稱的「歕氣」。當吐完那股微弱的氣息，生命就彷彿是風中的殘燭，剎那間就會熄滅。

婉玉接到通知後，也向學校請假趕來，然而，當一家人見面時，並沒有抱頭痛哭，只是紅著眼眶，難掩內心的悲傷。頭家娘快速地取來一個包袱，裡面裹著的是頭家的衣服，儘管他家境富裕，但包袱裡的這些衣服，卻只有在年節或赴宴時穿過，後又疊好收起來。即使穿過，然每一件都未曾下過水，與新品無異。

趁著頭家一息尚存，如不趕緊為他換上壽衣，一旦斷氣後身體僵硬，就很難穿了，這也是美枝多年來參與村內婚喪喜慶所悟得的經驗。於是志宏雙手從頭家的腋下把他撐起，美枝先把壽衣套好，在頭家娘和婉玉的協助下，花了一番工夫始把它穿上。復又一層層把它拉平整好，並在他的口袋裡，放進三百元，做為「手尾錢」。而頭家並不會把這筆錢帶走，入殮後喪家又會把它取出來，分給子孫做紀念。

穿上壽衣後，頭家似乎也有了預感，當志宏輕輕地把他的身體放平，復戴上禮帽時，他口中微弱的氣息已不再往外吐，心臟亦已停止跳動，六十年的生命宣告結束，留下孤單的老伴在人間。任人在世時金銀滿貫、權高位重，甚至為小事而計較，如今，當雙眼緊閉、兩腿伸直時，又能帶走些什麼？又能計較什麼？或許，只有黃土覆身，留下白骨一堆，空有一個飄渺虛無的靈魂上天堂。

頭家娘傷心欲絕地嚎啕大哭，婉玉和志宏也陪她流下一滴滴悲傷的淚水，但後續還有許許多多的事要處理，不得不暫時擦乾眼淚。幸好有美枝的幫忙，才免於手足無措，只見美枝不慌不忙地走到門口，用兩塊磚做了一個臨時的小灶，然後洗了一大把米，放在小盆子煮，以便做為「腳尾飯」。志宏和婉玉在美枝的囑咐下，也為「契父」上香燒紙錢，並等待選購「大厝」後，擇時入殮、擇日出殯。

一般看來，「街路人」雖然較為現實，但遇有喪事，還是有很多人主動地站出來幫忙。因為，無論生長在任何一個聚落，只要有人住的地方，就會有婚喪喜慶。倘若是喜事，可以禮到人不到，但遇有喪事，往往都會主動出來關懷和協助，這似乎也是多數鄉親的默契。

海水滿潮了，也是入殮的時刻，首先必須在棺木裡撒上白灰粉，鋪上紙錢，然後把屍體從水床移到棺木裡。

窮苦人家遇有喪事都是草草了事，有錢人家則不一樣，他們選購的棺木不僅要大，質料也要好。頭家的大厝是較昂貴的「福杉」，而且還經過特殊的油漆處理，可以擺放多日，除了方便親友來弔唁外，也好讓喪家有足夠的時間，挑選出殯的良辰吉日，以及聘請「師公」、「古樂」、「西樂」和準備「五色亭」、「魂主轎」，甚至還必須在棺木上，蓋上一個由紙花、彩帶織成的「棺罩」。如此的排場，或許，只有大官和有錢人家出殯時方可見到。其真正目的，與其說是對往生者的尊敬，倒不如說是展現家屬之財勢和權勢！況且，一具躺在棺木裡的屍體，祂能看見什麼、知道什麼？再豪華、再熱鬧、再大的排場，甚至花費再多的金錢，都是做給活人看的，死人豈能感受或看見自己出殯時的排場和風光？

儘管頭家生前賺了很多錢，死後理應把他的喪事辦得風風光光，但依傳統的習俗，雖然有志宏這個「契子」穿麻衣「包頭白」來替他「舉幡仔」，而卻沒有「新婦」來「相送」；有婉玉這個「契女」披麻帶孝來「哭父」，而卻沒有「子婿」來祭拜，因此，必須受到許多限制，不能「大鬧熱」。然而，除了部分受限外，其他排場則視喪家的經濟環境或個人的價值觀而定。當然，受託為其主事者，有時也會看「勢面」提供意見供喪家參考，要「鬧熱」

到什麼程度，還是場面「袂歹看」就好。總而言之，只要不違背傳統的習俗，一切均由出錢的喪家主意。

頭家的喪禮，委由里長伯仔出面為其主事，雖然里長伯仔深知他家的經濟環境，卻也擔心頭家這麼一走，留下一個孤單無依的查某人，往後要靠什麼過日子？即使目前駐軍不少、生意穩定，而一個年邁體衰的「老查某」，是否有能力來繼續經營這家名符其實的「雜」貨店？「契子」、「契女」，畢竟不是自己親生的骨肉，是否可靠？是否能奉養她到百年？還是貪圖他們家的錢財、伺機捲逃？許許多多的疑問縈繞在里長伯仔的腦海裡，讓他不得不慎重。可是，這只是他個人的疑慮而已，並不能直截了當地把他的想法告訴頭家娘，以免造成不必要的誤會和困擾。

然而，這些疑問，似乎是里長伯仔的多慮，讓頭家風風光光上山頭是頭家娘的心願，甚至多花一點錢也在所不惜，因為這些錢都是頭家辛辛苦苦賺取而來的。生前省吃儉用，死後又帶不走，再風光、再隆重的喪禮，又能花費多少錢？況且，頭家雖死、店仍在，志宏又是一個可以信賴的好青年，婉玉的善解人意和孝順，美枝則有金門傳統婦女的樸實和淳厚，如果她沒有猜錯，這家人絕對是她未來的精神寄托和希望。因此，她不愁往後沒有依靠，反而擔心的是里長伯仔顧慮太多，沒有把這場喪禮辦好，造成她終身的遺憾！

或許，每個人都有不同的想法和顧慮，但里長伯仔協助里民辦理喪事可說不計其數。有德高望重的耆碩、有學界泰斗、有公教人員、有百萬富翁、有一般百姓、有男亦有女，還有未成年而亡故的「死囝仔」。即使層次與個人的身分地位或經濟環境有所不同，不能辦得盡善盡美，但也差強人意，從無任何重大的疏失和差錯。這是他擔任無給職里長多年來，引以為豪、亦可告慰往生者的一件事。

出殯的日期擇定後，祭禮就在鄰近的空地上舉行。喪家除必須準備茶水外，還要煮好幾大鍋的「鹹糜」供來「湊腳手」或來送終的親友食用。

臨近中午十二時，當抬棺者把頭家的棺木抬出家裡，古典的哀樂和西樂悲傷的曲調同時響起，莫不聲聲激動著諸親友的心扉。

抵達廣場，抬棺者把棺木放在「椅橑」上，隨即蓋上棺罩，棺木前擺著一張藤椅，藤椅的靠背披著一床紅色的毛毯，頭家放大的遺照靠在毛毯上；八張八仙桌合併成兩排，桌上的前端擺著新刻的神主牌，再來是一雙筷子、一碗白米飯、一碗湯；繼而是一碗碗經過裝飾過的各式各樣「菜碗」，還有「紅粿」和「三牲」；旁邊的「桌屏」，則擺著一個超大的「碰粿」，上面還撒了一些「紅花米」，點綴在滿布粿香的碰粿上，增添整個碰粿的美感。

一切準備就緒後，四位「站桌頭」的禮生分別站在桌子的兩旁，他們擔任唱禮、遞香、接香以及讀祭文的工作。如依傳統的祭禮而言，家祭分八拜、十二拜與十六拜三種，並視與往生者的關係而拜之，其祭拜的禮儀亦有不同。當家祭開始時，除孝男孝眷外，針對一般外戚，禮生會依據不同的親戚關係和祭拜儀式，摘錄下面各節，並依八拜、十二拜、十六拜之不同祭儀，高聲地呼唱著：

「某某鄉、某某官就位，上香、跪、拜、再拜、三拜、四拜、興。跪，匍匐進前薦，進酌、酌酒、酹酒；再酌酒、再酹酒；三酌酒、三酹酒；四酹酒、獻酒。俯伏，讀祝官就位，樂止，宣讀祭文。舉哀、再舉哀、三舉哀、四拜、興。退後薦，跪、拜、再拜、三拜、四拜。禮畢、孝眷謝拜。」

頭家因膝下無子嗣，僅由「契子」、「契女」充當孝男孝女，他們上香後跪下，經過酹酒三次後獻酒，然後再拜四拜，就緩緩地匍匐到「棺腳」跪著。雖然傳統的祭儀繁瑣，通常八拜為：三哀四拜，亦即伏哀三聲，每聲連續哀叫三次，復再一拜，而後起立退後薦，再跪下拜四拜；也有無三哀而前後各拜四拜者，其適用對象為：「親家」、「外家」或朋友。

十二拜通常為姑丈或輩份相當之人，上香之後下跪拜四拜，而後進前蓆伏哀三聲，連續哀叫三次，再加一拜，復站起退後蓆跪下再拜四拜，它就是俗稱的十二拜。十六拜通常為必須宣讀祭文之至親，如「子婿」、「外甥」、「侄女婿」及「孫婿」等，當上香後下跪拜四拜、復起立又下跪匍匐進前蓆，酹酒三次再獻酒，宣讀祭文完畢後伏哀三聲、連續哀叫三次又一拜，復起身退後蓆下跪拜四拜，就是俗稱的十六拜。

頭家因人丁單薄、親戚不多，家祭不久即完畢。而公祭更談不上，因他一生從商，既無一官半職，亦非社會人士，唯一來祭拜的外客，就是他的好朋友——鎮公所的軍事幹事。當里長伯仔率同全體里民公祭完畢後，所有的儀式便宣告結束，的確是既「簡單」又「隆重」。

然而，出殯的隊伍則不遜於那些逢迎拍馬、賣友求榮的社會人士，除了古樂、西樂外，里長伯仔還把各界送的輓聯，用木棍訂起來，找來好幾位青少年朋友，讓他們舉著跟在樂隊的後面走。整個隊伍中，依序是「大鑼」、「托燈」、「銘旌」（由馬夫一手持銘旌，另一手牽馬）、「鼓隊」（大鼓吹在前之鼓隊）、「放金銀紙」、「白亭」、「西樂」、「五人鼓隊」（一人打鼓，兩人敲鑼，兩人打鐃鈸）「輓聯」、「藍亭」、「紅亭」、「綠亭」、

「古樂」、「桔燈」、「黃亭」（內放頭家之遺照）、「魂主轎」、「師公」、「麻燈」、「麻彩」、「棺木」（由十六位抬棺者抬著）、舉幡仔的志宏、披麻帶孝的婉玉，還有其他送終的孝眷以及親友和鄉親們，綿延了足足有兩百餘公尺之長，而且還環繞街道一圈。許多因店務纏身、不能跟隨送終隊伍的商家，則在自家的店門口，雙手合十行注目禮相送，同時也吸引了不少外地人佇足觀看，其出殯之場面，可說相當的「鬧熱」。倘若頭家地下有知，一定會滿意里長伯仔的安排，也可以了卻頭家娘的心願。

出殯隊伍回來後，喪家又在臨時搭建的帳蓬下，擺了二十幾桌筵席，招待來送終的親友和協助料理喪事的街坊鄰舍，以及「師公」、「鼓吹」和「樂隊」等人。這雖然是一種不成文的習俗，但無論貧窮或富有的喪家，只有照辦的份。這種習俗，當初或許是利用祭拜用的「三牲」、「菜碗」等用品，加以烹飪，讓「湊相共」的鄉親或遠道而來的親友進餐而設，慢慢地便形成一種特殊的飲食文化。對於富裕或有頭有臉的的喪家來說，用他們所收的奠儀來支付筵席費用，或許綽綽有餘，因為現實的人類，只懂得錦上添花。相對地，家境貧寒的喪家，為了親屬的喪葬費，可說東湊西借，始買得起一副廉價的棺材，以及請師公和鼓吹陣，勉勉強強把往生者送上山頭，若要多支付一筆筵席費，對於他們來說，無疑是雪上加霜；而標榜雪中送炭的有錢人和社會人士，又有幾個能真正體會到他們的辛酸和苦楚？

以頭家娘的經濟能力而言，支付頭家的喪葬費，可說是輕而易舉之事。在她的感受裡，以及從街坊鄰人的言談中，這場喪禮在里長伯仔的協助下，即使家祭與公祭的場面不能與那些四代大父或社會人士相比，但整體說來其出殯的隊伍不僅「袂歹看」也很「鬧熱」，相信頭家在九泉之下，一定會很「歡喜」的。

而未來的人生歲月，秀春要如何來安排和度過，是交給老天爺？還是婉玉和志宏姐弟？陪同頭家在商場上打拚數十年、看盡人生百態的頭家娘，她心中自有定見……。

第十二章

料理完頭家的喪事後，志宏又開始把店內先前搬離的貨物恢復原狀，並趁機整理一番，待做完頭家的「七日」，再開店門營業。儘管頭家已往生，頭家娘體弱多病，爾後店務將沒有人來輔導，但志宏在頭家臥病期間，早已能獨當一面，因此，無論進貨、銷貨、補貨、記帳，幾乎樣樣都難不倒他。尤其他自小在貧苦的家庭中長大，有著金門青年的樸實，商場講的又是信用和公平交易，除了貨真價實外，亦從不在斤兩上動手腳；加上貨物齊全、待人親切，極其自然地「金和信商號」這塊招牌，在志宏用心的經營下，已蓋過老頭家當年經營時的光環。即使他不是真正的頭家，業界對這個少年老成的小伙子卻也另眼相看。

時間往往在不經意中偷偷地溜走，頭家出殯七日後，美枝為了安慰頭家娘失去老伴而空虛的心靈，以及讓她走出悲傷的情境裡，徵求她的同意後，把她接到鄉下小住，希望能藉著鄉下清新的空氣、悅人的景緻，以及濃厚的人情味，讓她忘記喪夫的悲痛，盡快地走出悲傷的陰霾。

婉玉在城裡讀書，志宏忙於生意，春耕的工作只好落在美枝的身上。她一早起床，還來不及梳洗，就先煮好飯放在鍋裡。然後挑起「粗桶擔」，挑一擔「豬屎尿」上山澆菜，復把粗桶洗乾淨，順便挖兩桶蕃薯或兩綑柴火挑回家。而頭家娘起床後，也幫忙餵養家禽，甚至有時候還幫忙餵豬。

「秀春啊，妳不要那麼辛苦啦！請妳來鄉下住，是要妳來休息、散心的，不是要妳來幫我做家事的。」美枝喚著頭家娘的名字，不好意思地說。

「美枝姊，自從來到鄉下，我的精神彷彿好多了。」秀春怡悅地笑著，「在店裡聞了幾十年魚乾、魚脯、鹹白魚、蝦米、魷魚和海帶的鹹腥味，有時當身體虛弱而又聞到那股味道時，會有想吐的感覺。而鄉下的古厝光線好又通風，門外又有一片空曠地可種植蔬菜和餵養雞鴨，如果能長久住下來，那真是太好了！」

「我們都不是外人，」美枝由衷地說：「如果不嫌棄這裡是鄉下的話，妳願意住多久就住多久，店裡由志宏來照顧應該不會有問題。」

「謝謝妳，美枝姊，那我可要長住下來囉！」秀春興奮地看看美枝，「坦白說，店裡有志宏，我一點也不擔心。看他把店裡整理得有條不紊，帳目記載得清清楚楚，做生意也有其獨到的一面，待人更是誠懇有禮，街坊鄰舍沒有一個不誇讚的。像志宏這麼規矩懂事的年輕人，要到哪裡去找啊！」

「志宏能學會點做生意的本事，純粹是頭家和妳的『牽成』。」美枝心中有無限的感激，「不過他畢竟還年輕，不懂的事可說是太多了，而妳輔佐頭家做生意已有幾十年的經驗，往後還要請妳多鞭策，將來才能成器。」

「美枝姊，不是我悲觀，人一旦老了就要認老。妳是親眼看見的，店裡每天早上都有二十幾個採買，等著購買我們的雜貨。我一看到那些籮筐，簡直有些眼花撩亂，而志宏卻應付得有條有理，從未出過任何重大的差錯。美枝姊，妳說說看，我這個老查某，怎麼能與他們這些年輕人相比！」說後，又感嘆著，「老囉！不中用了，將來就看年輕人的啦！」

美枝笑笑，沒有說什麼。

「美枝姊，」秀春目視著她，極端認真地說：「我們年紀都不小了，孩子也逐漸地長大了，只要志宏在既有的基礎上認真做生意，相信養活我們這兩個老人家是不成問題的。看妳每天上山下海那麼勞累，我實在是有點不捨，以後必須調整一下工作方式，為自己多留一點休閒時間，別累壞了身體，那是不值得的！」

「自從過門後，我就跟著阿順上山下海，過著道道地地的農耕生活，在阿順的體諒下，做的也是一些較輕便的工作。」美枝搖搖頭，心中彷彿有無限的感慨，「而自阿順被共匪的大砲打死後，家的重擔不得不由我來承受，同時還有婉玉這個可憐的孩子必須由我來照顧，母子三人可說歷盡滄桑，承受著生命中難以承受之重。戰爭毀了我們的家園，又奪走兩條寶貴的生命，可憐的孩子一個沒有娘，一個沒有爹，教他們情何以堪啊！幸好老天爺保佑，讓他們平平安安地長大，才沒有對不起他們死去的爹娘。」

「從側面上瞭解，我知道妳這幾年來咬緊牙關，肩挑著一個查某人難以承受的生活重擔，把這兩個可憐的孩子拉拔長大。美枝姊，妳這種犧牲奉獻的精神，確實令人敬佩。如今，孩子在妳慈暉的映照下，已成為現時代循規蹈矩的好青年，這些都是妳用苦心、用愛心換取而來的，相信老天爺會賜福予妳、也會補償妳的！」秀春說。

「只要孩子長大爭氣就好，其他我還能奢望什麼。」美枝淡淡地說。

「這兩個孩子雖然出生在兩個不同的家庭，但姐弟倆感情似乎很好，這都是妳平日教導有方。」秀春誇讚著說。

「婉玉心地善良、聰穎又懂事，讀書也非常用功。志宏雖然有我們鄉下人的淳厚，但卻自認為不是一塊讀書的料子。幸好有頭家和妳的提攜，才能在店裡謀得這份工作，每月又給他那麼高的薪水，讓這個家庭從政府有案的貧戶，變成一般農戶。秀春，對於妳們夫婦，我是時時刻刻懷抱著一顆感恩的心啊！」美枝誠摯地說。

「美枝姊，妳千萬別這麼說，」秀春淡淡地笑笑，「如果沒有志宏的幫忙，金和信商號勢必會隨著老伙仔的往生而歇業。今天能讓這塊老招牌繼續發光、發熱，美枝姊，我得感謝妳們全家的支持和幫忙才對。尤其在這個現實的社會上，想找一個可靠的人來幫忙談何容易啊！總有一天，我必須到天堂找老伙仔，往後金和信商號，只有全權交給志宏來經營了，唯一的冀望是不要忘了我們的忌日。」

「秀春，不要說這些感傷的話，志宏永遠是金和信商號的伙計，也是妳的『契子』，無論現在或將來，相信他都會以禮、以孝相待，絕對不會辜負妳與頭家提攜和關懷他們姐弟的一番苦心！」

「我一直有個想法，」秀春頓了一下，「說出來妳可不要介意。」

「怎麼會，又不是外人！」

「婉玉和志宏同齡，兩人感情也很好，將來如果可能的話，就讓他們成親算了。」秀春建議著說。

「他們兩人的感情，或許只限定在姐弟的深情上，」美枝搖搖頭，淡淡地笑笑，「我從來沒有想過這個問題。」

「兩人都是妳一手拉拔長大的，如果能讓他們配成雙，那是再好不過了。」

「我一直不敢有這種想法，況且，婉玉又讀那麼多書，兩人的學歷可說相差懸殊，如果不是出於他們的自願，而由我們來做主的話，一定會受到很多人的非議。別忘了，人言可畏，到時如有什麼差錯，豈是我這個老查某能擔待得起的。」

「在我們那個年代裡，女孩子能讀幾年小學、『袂做青瞑牛』已經很不錯了，那有男孩子賺錢讓女孩子去讀書的！」

「婉玉確實是村裡第一個進城讀初中的女孩，當初我只有一個想法，為了公平起見，誰能考上誰就有書讀。婉玉是一個非常聰穎懂事的好孩子，當初她也曾經說過要把機會讓給志宏，而志宏卻沒有考上。並非我裝闊，我實在不忍心讓一個那麼聰穎懂事又肯求上進的孩子失學！」

「我能體會出妳的心情，總說一句，天下父母心啊！但願孩子能懂得感恩圖報，才不會辜負妳養育他們與處處為他們設想的那份苦心。」

美枝無語地笑笑，似乎認為一切都是她該做的，對於未來的事，並沒有表示任何的意見。

「乾脆叫婉玉休學算了，讓他們兩人一起在店裡照顧生意，」秀春為她出主意，「或許經過一段時間的相處，就能培養出感情，到時就可順水推舟。」

「我實在開不出口。」美枝說。

「我來！」秀春自告奮勇。

美枝搖搖頭，苦澀地笑笑，而後淡淡地說：

「算了，還是讓他們自然地發展，無論將來他們能不能結成連理，或是婉玉覓得如意郎君，志宏找到賢妻良母，做長輩的都會給予祝福！」

「美枝姊，想不到妳生長在一個不一樣的年代，卻沒有成為一個讓年輕人嫌棄的老古板，妳的想法實在讓我佩服。」

「秀春，妳是知道的，我雖然歹命一世人，但是沒有怨嘆。現在不能沒有他們，也不能失去他們；只能看見他們幸福，不能目睹他們悲傷！」美枝有些激動，「秀春，這是我『即世人』唯一的希望啊！」

「我知道妳用心良苦。」秀春點點頭，同意她的說法，而後又感慨地說：「美枝姊，雖然我們都失去了老伴，但妳卻有兩個乖巧懂事的孩子，他們就是妳未來的希望，歹命的日子不久就會過去的，而我的希望卻不知道在哪裡？如果風水真會輪流轉的話，或許，數十年來不愁吃、不愁穿，過著安逸生活的情景將不再，歹命的日子將由我來承受。」

「秀春，妳千千萬萬不要這麼講，俗話說，好人會有好報的，同時，孩子也正式拜妳為『契母』，即使我們不能寄予厚望，但他們姐弟卻是我們共同的希望！倘若有一天，孩子翅膀長硬了、想飛了，我們兩位老人家，照樣可以相互扶持，照樣可以在這個純樸的農村安享天年！」美枝安慰她說。

「說來也是，」秀春淡淡地一笑，而後說：「有些事並非如我們想像的那麼悲觀，俗語說，『船到橋頭自然直』，年紀都一大把了，想那麼多做什麼，難道還要為自己添麻煩，真是的！」

「不錯，老年人必須有自己的想法和生活空間。」美枝搖搖頭，「不怕妳見笑，人一旦年老了就不中用啦，山上許多『穡頭』，確實是想做也做不動了，就像老牛一樣，不僅腳步緩慢，也沒有了力氣，現在才真正體會到『心有餘而力不足』這句話。因此，我已決定把幾塊路程較遠的或土質較差的田地休耕，以免耗費那麼多的體力！」

「美枝姊，我十二萬分贊成妳這樣做！」秀春肯定地說：「查某人畢竟是查某人，怎麼能跟人家查甫相比。以前聽人這樣說：『一個老公仔脯，卡贏三個少年查某』，由此可見，查某人的力氣，是不能與查甫相比的。況且，自阿順哥不幸遭受匪砲襲擊而身亡後，妳母兼父職、與山為伍，從早到晚，軛車、牛、犁、耙，辛勤耕作，為的就是把孩子拉拔長大。如今，孩子長大了，一個是能獨當一面的生意人，一個則是品學兼優的中學生，倘若是生長在我們那個年代，依他們姐弟的年齡和發育狀況，早已可以嫁娶了。現在妳的任務可說已完成了一半，別再那麼辛苦了，萬一累壞身體，教他們姐弟能專心讀書或安心做生意嗎？真到了那個時候，那絕對是得不償失的！」

「我實在沒有想過那麼多，也始終認為做穡人只有上山耕作，而沒有生病的本錢。當有一天挑不起『粗桶擔』、犁田時又被老牛拖著走的時候，距離進棺材的日子也就不遠了。秀春，這是『做穡人』的無奈和宿命啊！」美枝激動又感慨地說。

「雖然我沒有做過穡，但自從住到鄉下來又跟妳上過幾次山後，才徹底地瞭解到『做穡人』的辛苦。美枝姊，不是我損妳，既然自認為體力已大不如前，那就必須認老，而認老就必須多休息。別忘了人生在世，除了關懷與照顧別人外，也必須為自己而活，這樣才有意義！」秀春開導她說。

「會的，我會慢慢地來調整自己的心態和腳步。」美枝點點頭說。

然而，想歸想、說歸說，幾十年的農耕生涯，裡面雖有辛酸，卻也有一份濃郁的感情成份存在著，任誰也無法在短暫的時間內把它割捨。即使做穡辛苦，但因三餐的伙食與以往不能同日而語：以前三餐幾乎都是蕃薯，現在至少有一餐米飯，而且志宏也經常帶些魚肉或店裡賣的鹹白魚、鹹小卷、鰻魚乾之類的食品回家當佐餐。伙食的改善，無形中也增加美枝從事農耕的體力，久而久之，竟然不覺得累，加上有秀春來做伴，以及分擔她一部分家事，精神彷彿比以前更好。

美枝為了讓秀春排遣寂寞，又不想讓她跟著上山太勞累，於是決定把門口那塊空地，重新整理一番做為「菜宅仔」，就近種點四季蔬菜，並把雞籠和鴨舍，一起搬到菜園的圍籬旁，讓她邊種菜、邊餵養家禽。

菜宅仔因面積小，不能用犁來犁鬆田土，靠的是鋤頭和人力。只見美枝在烈日下，一鋤鋤，熟練地揮動著鋤頭，除了把田土翻鬆整平外，也順便地把一些碎石、瓦片撿起，丟到田埂上，以利作物的種植和生長。看她不停地揮動著鋤頭、擦拭著額頭上的汗水，倘若沒有從事過農耕生活的人，是難以體會出他們的辛勞的，以古詩「鋤禾日當午，汗滴禾下土，誰念盤中餐，粒粒皆辛苦」來形容，或許並無不妥之處。秀春雖然想幫忙，但礙於經驗不足，始終插不上手，只有適時地倒些茶水，讓美枝解渴。

整好地後，美枝從牛欄裡挑來好幾擔牛糞土，雙手捧著畚箕，輕輕地把它撒在久未耕種的田地上做為肥料，又從草房拿來好幾綑手指般粗的「臭青仔」桿，在周圍築起了一道圍籬，以防家禽的啄食。如此忙碌了好幾天，始把整個菜園整理好，秀春目睹這個屬於自己的菜宅仔已然成型，正等待她來播種和灌溉，相信不久的將來，即可吃到自己親手種植的蔬菜，其興奮的程度，不言可喻。

然而，一粒種籽從播種、萌芽到成長，不知要花費農人多少心血始有收穫。或許，就像那充滿著荊棘的人生路途吧！凡事並非如想像中的那麼簡單。即使如此，對美枝而言卻有不同的想法，因為她純粹是為了讓秀春排遣寂寞而重整這塊菜園的。儘管想怎麼收穫就必須怎麼栽，然在她的眼裡，則一切隨興，能讓秀春在這個純樸寂靜的小農村，度一個平安快樂的晚年才是她的希冀。至於往後的時光要如何安排或面對，只有讓歲月來考驗她的智慧了……。

第十三章

世態的炎涼，人情的冷暖，似乎是構成人生的主要因素之一。匆匆的歲月，無情的光陰，它讓人成長，也使人蒼老和死亡。

自從秀春在這個小農村定居後，彷彿變成另一個人似的。每天早睡早起，除了澆菜餵雞外，偶而也幫美枝煮飯餵豬，以及和村婦閒話家常，原本空虛的心靈也逐漸充實，無憂無慮地過著快樂又愜意的農村生活，似乎早已忘了喪夫之痛，也印證了「時間是最好的療傷者」這句話。尤其是經營數十年的金和信商號，在原有的基礎上，以及志宏用心的經營下，生意可說蒸蒸日上，也同時建立起良好的口碑和商譽，毋須秀春操心和煩惱。這段時間，可說是她此生最感得意的時刻。

而相對地，美枝就沒有她好命，長久的勞累與受到先前營養不良的影響，身體則每況愈下，經常感到胃脹和胃痛。然而，在這個偏僻落後的小農村，許多人對於醫藥常識是較缺乏的，當遇有身體不適時，往往都是在村莊的小鋪裡，就近買點成藥來服用。最常見的是止痛用的「檸檬精」和「五分珠」，可治發燒、發冷、發熱、頭痛、腹痛、牙痛、胃痛、經痛到傷風感冒、骨頭痠痛，在忍受不了疼痛時，五分珠不僅是可口良藥，亦是止痛仙丹。加上它價錢便宜，每小包只要一塊五毛錢，人人都買得起，大人小孩都可以吃，藥效又比衛生連醫官包的那一大包藥還管用。因此，五分珠在鄉間小鋪的銷售量相當驚人。當美枝的胃疾發作時，靠的就是五分珠這種能止痛解熱的萬靈藥，來紓緩她的病情。

農人，除了受到氣候的影響，或有重大病痛，抑或是另有要事外，其他時日幾乎都與山為伍、與田為伴，永遠有做不完的農事。即使在最清閒的時候，也要牽牛上山放牧，或挖些蕃薯、挑擔柴火回家煮飯，幾乎很少閒置在家裡的。

不知是天生的勞碌命，還是註定此生是一個歹命人，美枝依然拖著病痛的身軀上山耕作。遇有胃部不適時，她習慣地坐在田埂上，用手不停地揉搓著胸口，或從口袋裡取出隨身攜帶的五分珠，微微地張開口，輕輕地倒下一些含在嘴裡，讓疼痛的胃部暫時獲得紓解。

這種餓時也痛、飽時也痛的胃部宿疾，確實對她造成不少的困擾。儘管家中的生活環境早已獲得改善，不必再仰賴那些農作物來維持生計，但她依舊早出晚歸，太陽沒下山之前，絕對看不到她牽牛荷犁，走在回家的那條小路上。

然而，人再怎麼年輕、身體再怎麼強壯，終究還是鬥不過病魔的。一天夜裡，美枝胃痛又再次發作，此次則與以往大不相同，幾乎痛得她苦不堪言、痛不欲生，整個身體也因疼痛難忍而蜷曲在一起。雖然服下一包五分珠，但依然無法把病魔驅離，不一會，鮮血竟從口中噴出，把原本褪色的地磚，染紅了一大片。霎時，讓她感到無比的驚恐，卻也不知如何才好。幸好她痛苦的呻吟聲和嘔吐聲，驚醒了隔著「巷頭」睡在「櫸頭」裡的秀春。

「美枝姊，妳怎麼啦？」秀春快速地推開她的房門，急促地問。

「沒什麼啦，」美枝有氣無力地說：「吐一吐、舒服多了。」

秀春走到梳妝桌旁，順手點燃桌上那盞微弱的「土油燈仔」時，當她一轉頭，看見地上那片即將凝固的血液時，幾乎把她嚇呆了。

「美枝姊，妳哪裡不舒服？哪裡不舒服？」說後，又低頭看了地上一眼，「那是血，是血！美枝姊，妳吐血了，吐血了！」

「吐一吐、現在舒服多了。」說後，閉上了眼睛。

「這怎麼得了！這怎麼得了！」秀春既驚恐又慌張，「我去找村長，請衛生連的醫官來幫妳看看！」

「三更半夜的，不必麻煩了。」美枝聲音微弱地，又重複剛才的話，「吐一吐、舒服多了！」

秀春拿來毛巾，輕輕地擦拭遺留在美枝嘴角的血絲，而後難過地說：

「怎麼會這樣！怎麼會這樣！」

「妳去睡吧，我好多了。」美枝閉上眼，依然有氣無力地說。

「妳好好休息，」秀春幫她把棉被拉高，「我去提水來擦地板。」

「不必麻煩了，我明天自己來。」美枝說後，就疲憊地昏睡過去了。

秀春提來一大桶水，把紅磚上凝固的血液擦拭乾淨後，並不敢貿然地回房睡覺，而是逕自坐在美枝的床沿，不時地用熱毛巾，輕輕地擦拭著她的額頭和嘴角。想起美枝歹命的一生，秀春情不自禁地紅了眼眶。然而，這畢竟是一個極端不公平的人生歲月，有人平步青雲，過著幸福快樂、逍遙自在的美好時光；有人一生歹命、勞碌終身，原以為苦盡即將甘來，幸福的時光就在眼前，誰又能料想到病魔會那麼快來纏身，這不是歹命人生是什麼？

漫長的黑夜總是較難熬的，但又必須等它過去才能見到日光明；人生也就是黑暗與光明交錯而成的，只有黑暗沒有光明的地方不會有人類存在；而只有光明沒有黑暗的人生則索然無味。人的想法，有時很矛盾！

天終於亮了，美枝依然處於昏睡中，蒼白的面龐滿布著一條條清晰可見的魚尾紋，疲憊的神色裡隱含著幾許歲月留下的滄桑和無奈。秀春來不及梳洗，就趕緊來到大路旁，等候上街販售或採購的村人，以便託請他們、把美枝身體不適的消息，儘快地告訴志宏。該請中醫師來為她把脈，還是要送她到衛生院診療，必須由他來決定。今天恰逢是星期六，下午婉玉也會回家，但願美枝見到孩子後，病情能獲得改善，甚至不藥而癒。這是秀春的想法和企盼。

當志宏獲知阿母臥病在床後，的確無心做生意。但面對店裡那些大小籮筐，眼見那些進進出出的軍中採買，想提早關上店門已是不可能的事。然而，長久以來未曾出大錯的他也在今天屢屢出錯，不僅打得滾瓜爛熟的算盤不聽手的指揮，甚至有超收或短找、少收或多找人家錢的情況，貨物也有放錯籮筐的窘境，因此，不得不頻頻向客人道歉。只因為在他腦裡浮現的，全是阿母疲弱的身影，以及滿布皺紋的面龐……。

早市散場後，志宏已顧不了日間尚有生意要做，趕緊關上店門，順便買了兩碗鹹粥，跨上腳踏車，使盡力氣，急促地往回家的小路猛踩。沿途上他想著，阿母是他們家的精神支柱，一生為這個貧窮的家忙碌，為他們姊弟操勞。而今天，當這個家正逐步遠離貧窮的時候，豈能讓她倒下，因為他們姐弟倆還沒有盡到為人子女晨昏定省、噓寒問暖的孝道。雖然他因生意緣故不得不住在店裡，婉玉也因在城裡讀書而住校，姐弟倆均未善盡為人子女之職責，就近照顧她老人家，竟讓她臥病在床而不知，這是他深感內疚和自責的地方。

誠然，如果沒有蒙受頭家夫婦的厚愛，他們家的經濟環境勢必不會改善的那麼快，想必阿母一定會更勞累。但繼而地一想，如果沒有出外學做生意，他必可分擔家裡更多的農事，阿母就不會那麼地辛勞，也不會累出一身病來，一旦真有什麼病痛，他必然可以就近在家照顧。而今，阿母卻在「三更半暝」病得那麼嚴重，甚至還吐了一地鮮血，萬一發生無法彌補的憾事，怎麼對得起她老人家的養育之恩！

停好了腳踏車後跨進門，志宏來不及向「契母」打招呼，就快速地往阿母的房間走去，只見阿母頭髮散亂、臉色蒼白地躺在她那張古老的「眠床」上。

「阿母，阿母！」志宏低聲地呼喊著，並順手理理她散亂的髮絲。

美枝微微地張開眼，隨即又閉上。

「阿母，您那裡不舒服啊？」志宏附在她的耳旁，輕聲地問。

美枝微微地搖搖頭，雙眼依然緊閉著。

「阿母，您肚子餓不餓？我裝碗鹹糜給您吃。」志宏細聲地問。

美枝沒有任何的回應，又疲憊地昏睡過去了。

志宏目睹阿母病成這樣，心中的確有萬分的難過，他不能讓阿母痛苦地躺在床上，任由病魔來折磨。於是他想起住在村郊的駐軍衛生連，裡面有醫官亦有藥品，不管他們的醫術如何，至少受過醫學的專業訓練，請他們來為阿母看診是他此時唯一的選擇。

在古厝牆壁「軍愛民　民敬軍」標語的使然下，衛生連醫官帶著聽診器來到美枝的床前，秀春並把發生的經過向醫官陳述了一遍，只見醫官細心地在她的胸前聽診，而後翻翻她的眼睛，看看她的嘴唇，診斷的結果是胃出血，加上病人平日有貧血的病根，希望能盡快地送到衛生院輸血，以免病情惡化，衍生出更多的問題，衛生連願意提供救護車協助。

志宏二話不說，充分尊重醫官的建議。然而，當他們來到衛生院，血庫卻無血漿可供病患使用，在相關人員的建議下，不得不求助於民眾服務社，請他們設法幫忙。

民眾服務社為國民黨所屬單位，為民服務的項目可說包羅萬象。當志宏提出請求後，他們隨即協調軍方，請他們調派幾位身體強壯，又符合病患血型的軍中弟兄前來輸血救人。於是很快地來了五位血型相同的憲兵弟兄，他們隨即捲起袖子，在醫護人員的檢驗、確認和協助下，每人輸了一百西西的血液，供給美枝使用。

經過輸血後，美枝的精神狀況隨即獲得些微改善，但必須長期調養，並非只靠那五百西西的血液，就能完全康復。而纏繞她多年的胃病，限於衛生院沒有更先進的檢驗儀器，以及更好的藥品，醫生只開給她一大瓶「胃乳」，讓她帶回家服用，並囑咐她要少量多餐，不能吃太油膩或含有刺激性的食品，而且要多休息，不能過於勞累。

這些看來簡單的囑咐，對於一個長年從事農耕的鄉下婦人來說，卻是不實際的。儘管蒙受老天保佑，目前的生活和經濟環境已不同於已往，但祖先遺留下來的那幾畝田地，卻是這個家族的根和本，身為家長，她沒有把它割捨的理由。不管往後是富裕或貧窮，守住田、守住地，是她此生不二的選擇、也是職責，豈能任意讓它荒廢。而不使它荒廢，並非用嘴巴講講就能成事的，必須以勞力來換取，始能有收穫。然這份勞力的付出者，除了美枝外，似乎沒有人能取代？

婉玉回到家，看到阿母勞累而病成這樣，心中感到無比的難過。於是婉玉幫她把散亂的髮絲梳好，幫她擦拭身軀，幫她換上乾淨的衣服，後又輕輕地幫她按摩。然而，當她再一次地看見阿母疲弱的眼神時，一份無可取代的母女深情油然而生；志宏忙於生意，她在城裡讀書，雖然有「契母」和她作伴，卻沒人能善盡為人子女之孝道，來照顧一位一生為家犧牲奉獻的老人家。因此，她興起了休學在家照顧她老人家的念頭，待阿母的身體康復後再復學。雖然不久即將初中畢業，但照顧阿母是不能等待的，只有阿母的身體康復起來，她才能安心讀書。

她把自己的想法告訴了志宏。

「那怎麼可以，妳不久就要畢業了，阿母不會同意妳這麼做的。」志宏有點訝異，「阿母由我來照顧也就夠了。」

「你既要做生意，又要照顧阿母，會累垮的。」婉玉關心地說。

「做完早市後，我就關店門回家照顧阿母，這樣就不會太累了。」志宏說。

「你的想法不是生意人應有的態度，部分白天來購物的老主顧，肯定會跑光光。」婉玉不認同地，「別忘了，生意是老板等客人上門，而不是客人等老板開門。萬一我們沒有把金和信商號經營好，怎麼對得起『契父』、『契母』照顧我們姐弟的那番心意！」

「可是妳馬上就要考高中了，一旦休學就要晚人家一年，這樣的犧牲未免太大了吧！」志宏說。

「坦白說，在這個保守的農村裡，能排除眾議讓我到城裡讀初中，全是阿母所賜予的恩德，對我來說不僅滿足也算幸運了。即使遲了兩年、三年才畢業，但若能換取阿母的健康，也是值得的。因為讀書可以等，阿母的健康卻不能等，我們姐弟倆又能照顧她老人家到幾時？」婉玉哽咽地說。

「一旦提起妳要休學的事，阿母一定不會同意的。」志宏憂慮地說。

「我們暫時不要告訴她，」婉玉斷然地，「反正我已經考慮好了，也下定決心了，回學校後馬上辦理休學，誰也動搖不了我的意志。坦白告訴你，我可以不繼續升學，卻不能失去阿母！別忘了阿母是我們姐弟倆的精神支柱，有她的養育，才有今天的我們；有她的引導，我們才有目標和方向！」

「姐，為了阿母，我尊重妳的決定！」志宏說。

「這樣就對了，」婉玉笑笑，「不愧是我的好弟弟。」

事先沒有稟告阿母，也沒有和「契母」商量，無論師長和同學如何地勸說，婉玉還是以

「母病乏人照顧」為理由，向教務處辦理休學一年的手續。在即將畢業的前夕，她這突如其來的舉動，讓多數同學感到訝異和不可思議，然她並不後悔，唯一的，是不知要如何向阿母解釋才好。

然而，整天疲弱地躺在床上昏昏沉沉的美枝，竟也沒有注意到女兒為什麼沒有到學校上課。秀春雖然知道內情，但畢竟她只是「契母」而已，年輕人自有他們的想法，很多事也不便過問和加以干涉。

而往往，有些事只能瞞過一時，並不能瞞過永遠，美枝並非傻瓜，婉玉所思、所想、所做、所為，她焉有不知情的道理，只是沒有表明而已。因為，她太瞭解這個孩子的個性，如不是為了這個家，為了她這個不中用的老查某，婉玉絕對不會無緣無故辦理休學的。況且，再不久就要初中畢業了，以婉玉在校的成績而言，直升高中是不會有問題的，而孩子卻為了她，做出如此重大的犧牲。美枝感嘆地搖搖頭，不敢繼續想下去，一切就交由上天來安排吧！

婉玉每天很早就起床，簡單地梳洗完畢後，就騎著腳踏車上街幫志宏的忙，但並未等到早市散場後才回家。經常在六點左右，她會提一只小提鍋，到附近一家新開的粥店，買兩碗廣東粥，因為粥裡有瘦肉、肉丸、豬肝和雞蛋，其營養成分可說是相當高的。另外還買了兩條油食粿，一起帶回家，給阿母和「契母」當早餐。但願這份富含營養成份的早點，能讓阿母的身體快速地復元，能保「契母」的身體康健，這也是他們姐弟唯一的冀望。

服侍阿母吃過早餐和服藥後，婉玉必須上山做一些較輕便的工作，譬如：放牛、砍柴、澆菜、拔草、挖蕃薯……等等，回家後又要忙於煮飯、餵豬，儘管有「契母」的幫忙，但還是讓她忙得團團轉，而她並沒有後悔，一切都是她心甘情願的。不過她亦與志宏取得默契，倘若田裡有較粗重的工作，兩人必須相互替換，一方面不會影響生意，另一方面則不會耽誤農事，這也是兩全其美的辦法。為了這個家，為了把阿母照顧好，彼此間沒有不接受的理由。

婉玉無論家事或農事再怎麼地忙碌，總要抽出時間為阿母梳洗一番，甚至天天都要用溫水幫她擦拭身軀，為她換上乾淨的衣服，讓她看來更有精神，不會有病人無精打采的邋遢相。誠然「久病無孝子」，但這句話對婉玉和志宏來說是不存在的，他們姐弟的孝行和作為，村人莫不肯定和讚揚。對同住的「契母」也是晨昏定省、噓寒問暖，絲毫不敢怠慢。如果沒有「契父」、「契母」的提攜和信任，以他們家的財力，這輩子也不可能在街上開店做生意。即使營業執照的負責人依然是契母，但實際上的經營者卻是志宏。往後「契母」雖沒有像伙計般地給他一份固定的薪水，但在金錢的運用上，則給予他一個完全自主的空間。在她的囑咐下，家中的例行開銷，婉玉的讀書費用，全數由店裡支付。

自從住到鄉下後，經過長時間的朝夕相處，以及更深一層的瞭解，秀春早已與美枝一家人融合成一體，除了相互照顧外，亦不再分彼此。在秀春的想法裡，儘管金和信商號是他們夫婦辛苦打造出來的基業，但往後如果沒有像志宏這種有為的年輕人來經營，勢必不會有金和信商號的延續。況且，金錢畢竟是身外之物，生不帶來，死亦帶不去，她不會把金錢看得那麼重，也不想當守財奴。放心把店鋪交予志宏來經營，是她此生最感得意的一件事。要不，金和信商號隨著老頭家的往生，或許早已熄燈打烊了，哪還會有今天這種場面。待她百年後，這片產業勢必將由這個少年老成的年輕人來繼承，但願他能把它發揚光大，不要令她失望才好……。

第十四章

在這個駐守十萬大軍、準備反攻大陸的小島上，無論是賣菜、賣雜貨的早市，或休閒娛樂的撞球店、電影院，抑或是路上的行人、街上的購物者，幾乎都是穿著草綠色制服的軍人較多。儘管他們已不再借住民宅，但長期間的相處，無形中卻也拉近了軍民之間的距離。尤其是與駐軍接觸較頻繁的商人，更與一些長久擔任採買的老北貢建立起深厚的友情。而這些老北貢，不是上士就是士官長，在軍中自有其不可輕忽的影響力，要不，怎麼會讓他們長期擔任採買。

眾所皆知，採買這份工作在軍中被視為肥缺，他們不必在菜錢上揩油，商家自然會給他們一點回扣，長久累積下來，也是一筆為數可觀的數目。甚至有些採買還會與經管主副食品的補給士勾結，把剩餘的軍用米糧、麵粉、罐頭，或煤油之類的物品，利用採買之便，偷偷帶出來售予商家，商家再轉售給一般百姓，從中獲取利益。

然而，買賣軍用品，均屬於違法行為，一旦被查到，必須以軍法論處。在有利可圖下，少數投機的商家，還是甘冒這種險。但軍方的規定並非兒戲，因販售軍用品被關進「金防部軍事看守所」的商家有之，靠販售軍用品而發財的商家也大有人在。即使商家均以賺錢為目的，可是各人對市場的認知和價值觀則有所不同。

不管能不能獲取暴利，志宏接手經營的金和信商號，就是不做違法的買賣，不與那些投機份子同流合污，也因此而引起部分同業和採買的不滿，認為他有錢不賺、自恃清高，靠著別人的庇蔭做生意，又有什麼了不起。甚至有一家被移送法辦的商家，還誣賴是他密報和舉發，讓他揹了不少黑鍋，也承受不少壓力，真正領略到社會的可怖，感受到商場的險惡。幸好，多數人還是肯定他的品德和操守，始終認為他是一個規規矩矩的年輕人，尤其是金和信商號縱橫商場數十年，一向遵守商場成規，從不哄抬價錢，也不削價販售，亦未曾買賣過違禁品。少年老成、誠實勤奮的志宏，更不可能去陷害別人。而且還批評那些貪圖近利、投機取巧的同業，夜路走多了一定會碰到鬼！

在這條街上，金和信的生意向來穩定，自從婉玉每早來幫忙後，其生意更如虎添翼，增加了好幾個大籮筐。她雖然是為照顧美枝的身體而休學的，而實際上既要照顧阿母，又要上山務農，更要協助志宏從商，其忙碌的程度可想而知。脫下學生制服換上便服的她，早已是一位亭亭玉立的小姐，即使經常曝曬在陽光下，皮膚有點黝黑，但卻有一份鄉下姑娘的健康美。加上她待人親切、談吐風趣，以及常掛臉上的笑靨，的確博得許多人的讚賞和好感，竟然有媒婆主動上門來說親，讓婉玉尷尬不已。

同住一個屋簷、長久的相處，這對遠房的異姓表姐弟，在他們青春的歲月裡，是否能激起一絲微妙的火花，還是隱藏在心底不敢表明。即使兩位老人家有所期待，但卻不敢強求，一切端看他們的意願。雖然兩人的年歲相當，婉玉的美沒話說，志宏亦長得一表人材，儘管志宏的頭腦沒有婉玉的靈光，但卻各有各的優點，唯一的，就是學歷上的差距。

如果純為種田的話，當然比的是力氣而不是學歷，而做生意只要讀幾年書，懂得加減乘除便可為之。一生務農而不幸被匪砲打死的阿順，他讀過幾年書？打造金和信商號招牌的老頭家，他又讀過幾年書？在傳統的觀念裡，農人靠的是力氣，生意人靠的是頭腦，久而久之就會累積出經驗。從事這兩種行業的人，又何須具備高學歷。小學畢業的志宏，初中肄業的婉玉，做的是同樣的生意，往後如果想從商，當然可以配成雙，像志宏這種循規蹈矩的好青年，在這個現實的社會並不多見。除非婉玉休學期滿後繼續升學，學成後往其他途徑發展，再另尋屬於自己的春天，要不，志宏絕對是她不錯的選擇。

然而，世事有時是很難料的，美枝在婉玉細心的照顧下，身體雖然日漸康復，但翌年，婉玉並沒有申請復學，也沒有和志宏衍生出親情之外的任何情分，外面卻謠傳她和一位叫林安卓的小學老師走得很近。而林安卓的父親，竟是誣賴志宏密報他買賣軍用品的同業，綽號叫「狗屎貴仔」的林天貴。

同街的商家幾乎都曉得，狗屎貴仔就是靠買賣軍用品發財的。他交遊廣闊，懂得打點，百姓花錢買一包兵仔餅，莫不提心吊膽、懼怕被抓，只有他老神在在，一副無所謂的樣子。雖然曾經被抓過好幾次，但真正把他關進軍事看守所的卻只有兩次，而且不到一星期就被放出來了。

他經手販售的軍用品，有大米、麵粉、煤炭、煤油，豬、牛肉罐頭、魚罐頭，酸菜、蘿蔔罐頭，還有整箱的「兵仔餅」，數量雖不一，種類卻不少。並與那些補給士取得默契，運用各種不同的方式或管道取貨和交貨。破落的古厝和草房，以及鮮少有人躲避的防空洞，經常是他私藏軍用品的地方。因為有其固定的銷售通路，因此藏放的時間並不長，待有人檢舉或密報，貨物早已銷售一空，鈔票亦已進入他的口袋，想不發財也難啊！

儘管狗屎貴仔的名聲不好，但「歹竹」卻出「好筍」，其獨生子竟當起了小學老師，雖然外表看來有點傲氣，但能當上老師，實屬不易，但願不要以他父親為榜樣來誤導學生才好。

「姐，妳也真是的，天下男人多的是，哪一個不好交，偏偏交狗屎貴仔的兒子。」有一天，志宏不屑地消遣她說。

「別亂講，只是認識而已，如果敢告訴阿母，我就不饒你！知道不知道？」婉玉提出警告。

「男大當婚，女大當嫁，像這種好事，理應讓阿母和『契母』知道，讓她們高興高興才對。為什麼不能說？」志宏反問她說。

「其實林安卓這個人，看來還蠻老實的，長得也不錯，不像他父親那麼老奸巨猾。」婉玉說。

「妳吃了熊心豹子膽是不是？竟敢批評未來的公公。」志宏笑著說。

「你再胡說，我就敲你的頭！」婉玉假裝生氣，並比畫了一個想敲人的手勢。

「狗咬呂洞賓，不識好人心。」志宏一副正經，「我是實話實說，怕妳將來受到公婆的虐待，沒有好日子過。」

「十二月芥菜假有心。」婉玉皺皺鼻子，不屑地說。

「我們可是在苦難中一起長大的姐弟，雖然來自不同的家族，亦非同一個姓氏，但我們的感情，卻比任何親情還要親。姐，對妳，我只有真誠的相待，絕對不是假有心。」志宏說。

「傻瓜，跟你開玩笑啦！」婉玉走到他身邊，輕輕地拍拍他的肩膀，心中似乎有無限的感慨，「我們姐弟的感情，是無法用任何言語來形容的。雖然阿母不是我的親生母親，但受到的疼愛，卻比自己的生母有過之而無不及，而我們姐弟的深情，更不是任何情分可以取代的。志宏，坦白告訴你，我不能沒有阿母，也不能沒有你，我永遠不會忘記我們三個人相依為命的日子！不要聽外面那些人胡說八道。」

「姐，即使我們心中隱藏著無數的深情，但有一天則必須分離。」志宏淡淡地笑笑。

「為什麼？」婉玉不解地問。

「因為妳會離開這個家，嫁人去！」志宏解釋著說。

「別太早下定論！在尚未成為事實之前，任何臆測都是不實際的。」婉玉搖搖頭，心情有些凝重，「就好比當年，我媽帶著我來這裡避難，原以為這裡是一個安全的地方，想不到卻和姨丈一起遭受匪砲的襲擊而罹難，真是情何以堪啊！」

「無情的砲火雖然奪走我們的親人，但在阿母的慈暉裡，卻讓我們成長和茁壯。想起喝美國番仔的奶粉而落屎，想起吃美國番仔的牛油而嘴唇凝結一層白色的油脂，想起到鎮公所排隊領取美國番仔救濟的舊衣服、那種興奮時的模樣迄今記憶猶新。姐，這些陳年往事，彷佛就在眼前，也會牢牢地印在我們的記憶裡。」志宏說。

「坦白說，阿母和契母，對於我不再復學，一定會感到很失望。」婉玉轉換話題，似乎有些激動，「雖然我們家蒙受上天的恩賜，經濟狀況與前幾年不可同日而語，供我讀高中或大學一點也不成問題。而在我的想法裡，即使阿母的身體略有好轉，但她必定會隨著歲月的消失而蒼老，我們又能侍奉她幾年？因此，留在她身邊是我不二的選擇。尤其是你，把讀書的機會讓給我，獨自在這個現實的商場上打拚，儘管金和信的基業是『契父』和『契母』打造的，然而如果沒有你勞心勞力、運用智慧把它發揚光大，勢必不會有今天這種局面。看你每天早起晚睡、白天又要搬貨補貨，工作那麼辛苦，可說每一分錢都是用心血賺取而來的，不像狗屎貴仔做的是容易賺錢的投機生意。志宏，我實在不是不想讀書，而是不忍心眼睜睜地看你為這個家操勞，而自己卻置身事外、坐享其成，不能為這個家庭貢獻一點心力，這或許是我不想復學的最大理由。」

「我還以為妳不想讀書、想嫁人呢！」志宏笑著說。

「老實告訴你啦，我老早就知道林安卓是狗屎貴仔的兒子，倘若有一天真嫁到他們家，也不是一件什麼光榮的事。何況，我們也只是認識而已，絕對不像外面傳說的是男女朋友，希望你能瞭解。即使現在的社會形態不一樣，男女之間也興起了一股自由戀愛的風潮，但我的觀念則偏向傳統，儘管不一定要憑媒妁之言，然我會充分地尊重阿母的決定，阿母答應的或替我安排的才算數。」婉玉認真地說。

「想不到妳到城裡讀了幾年初中，見過不少世面，依舊是老古板一個。」志宏取笑她說。

「在我心裡，任何事物都比不上這個家，任何人都比不上阿母，我們姐弟的深情更不用說！當然，有了『契父母』的幫助和提攜，才能讓我們進入商場，學習做生意的本事，貧窮的家境從此才得到改善。雖然『契父』已離我們而去，對『契母』，我們必須時時刻刻懷著感恩的心，侍之以禮、以孝，並晨昏定省，這也是為人子女所該遵循的。我們不僅要記住、也要做到！」婉玉有感而發地說。

「姐，畢竟妳多讀了幾年書，對一些人情世故瞭解的程度比我還深入，爾後必須仰賴妳多提醒，別只顧著生意而忘了家，忘了撫養我們長大的阿母，以及改善我們生活的『契母』。倘若如此，那絕對是天理難容的。」志宏說。

「不錯，人不能忘本，也不能違背做人的道理，你有這種想法，可見你已經長大了，思想也成熟了。我要告訴阿母，叫她幫你娶親。」婉玉興奮地說。

「別笑死人好不好，那有姐未嫁、弟先娶的道理。」志宏的頰上，有些熾熱。

「笑話，」婉玉不屑地，「如果姐姐醜而嫁不出去，弟弟就不要娶親啦！」

「誰不知道妳長得美，」志宏看了她一眼，笑著說：「想收妳做乾女兒的老北貢，少說也有一打。他們安的是什麼心，只有老天爺知道。」

「這些老北貢，說來可憐，從大陸撤退到這個小島已經十幾年了，每天等待反攻號角響起，等待有人帶他們回老家，而偏偏天不從人願，讓他們在這個小島上枯等，也因此而造成他們心理上的不平衡，為這個純樸的社會製造不少亂源。一旦遇上那些變態的老北貢，只能對他們客氣，千萬不能用任何不妥的語言來激怒他們。乾女兒就乾女兒，他們愛怎麼叫由他們叫去，唯一的是不能接受他們任何東西，以免為自己製造煩惱。」婉玉提醒著說。

「有些老北貢是不可理喻的，動不動就說要拿槍把人家幹掉。就像上一次拿一箱魚罐頭要賣給我們的那位班長，妳是知道的，我們金和信商號從來不販售軍用品，雖然婉轉地拒絕他的好意，但他非但不領情，還有點不高興。最可惡的是狗屎貴仔買他的豬肉罐頭和煤油被抓，竟然誣指是我們去密報，並放話要給我們好看。竟連狗屎貴仔也來興師問罪！」志宏氣憤地說。

「怎麼沒聽你說過？」婉玉問。

「有些事只要自己能承擔的，過去也就算了。如果把這件事告訴妳，又告訴阿母和『契母』，讓大家一起來擔心，多沒意思。」志宏解釋著說。

「狗屎貴仔也真無恥！」婉玉激動地說：「自己敢做為什麼不敢當，夜路走多了就會碰到鬼，還敢誣賴別人。」

「還好，街上大部分商家都瞭解他的為人，他的誣陷雖然讓我們感到氣憤，但並沒有對我們造成太大的傷害。從這件事情發生後，大家對於這個老奸巨猾的狗屎貴仔，一定會有更深一層的認識。街上幾乎很少人主動和他打交道，但願下一次被抓，不會有人再遭受到他的誣賴。」志宏搖搖頭感嘆地說。

「想不到狗屎貴仔會那麼下賤，」婉玉不屑地，「以後再也不理林安卓了，看到他父親那副德性就討厭！」

「姐，妳是讀書人，要知道上一代的恩怨不能記恨在下一代的道理。即使我們不認同狗屎貴仔的作為，但妳曾說過：『林安卓這個人，看來還蠻老實的，長得也不錯，不像他父親那麼老奸巨猾。』從這一點看來，妳對他的印象一定不錯，千萬不要影響你們之間的交往。」志宏分析著說。

「我這個人向來是恩怨分明的，不管上一代或下一代，有恩我們要報，有怨也會懷恨在心。況且，現在還不是我交男朋友的時候，我也曾經告訴你，我們只是認識而已，就像認識我們的左鄰右舍一樣，但很多人卻蜚言蜚語，誤以為他是我的男朋友，要是讓阿母和『契母』知道這件事，絕對會被罵到『臭頭』的。從今天起，除非他到我們店裡買東西，要不，我是不會主動和他講話的。」

「姐，妳還真有個性。」志宏取笑他說。

「你以為我是三八阿花啊？」婉玉指著自己的鼻尖反問他說。

「我知道妳不是阿花，但誰敢保證吾姐阿玉不三八！」志宏開玩笑地說。

「你再說一句看看，」婉玉曲著手指比畫著，「你敢再說一句，不敲破你的大頭才怪！」

「別兇巴巴的好不好……。」志宏尚未說完。

「知道就好！」婉玉得意地搶著說：「在學校，我們班上那些男生，幾乎沒人不怕我的。」

「恰查某一個，還好意思講。」志宏消遣她說：「我看妳還是去嫁給狗屎貴仔的兒子算了，因為他還沒有被兇過，不知道妳那麼『歹性子』，說不定將來連狗屎貴仔都會怕妳，只要妳曉以大義，或許他就不會再做那些違法的投機生意了，整個市場也不會被搞得亂七八糟。」

「志宏吾弟，你說完了沒有？」婉玉說後，快速地伸出手，不偏不倚地往他頭上一敲，「你吃了熊心豹子膽是不是，竟然敢在老姐面前撒野！」

志宏伸手撫撫自己的頭，而後情不自禁地哈哈大笑。

「還笑！」婉玉好氣又好笑地說。

「姐，從小到大，我們似乎都沒有開過這麼大的玩笑。」志宏有感而發地說。

「在阿母面前，我們怎麼敢放肆。」婉玉正經地，「尤其是一個女孩子，如果目無尊長，成天在他們面前嘻嘻哈哈的，想不讓他們說三八也難啊！」

「生長在傳統的家庭，自有它的好處，往往子女都會自我約束，一旦進入社會，絕對不會讓人說沒有教養。」

「在我的想法裡，這種事並非每個家庭都能做到的，父母更是子女的標竿。阿母雖然不識字，卻有一顆寬厚、仁慈的慈母心，即使我不是她的親生女兒，但受到的疼惜和呵護，比起你有過之而無不及。此生除非不得已，要不，我是不會離開她半步的。」

「姐，照顧阿母是我們共同的職責。倘若有一天妳找到理想的歸屬，而必須離開這個家庭，我會義不容辭地負起照顧她的責任。但願阿母不會成為妳邁向幸福的牽絆才好。」

「有時候我獨自在想，如果可能的話，我會選擇不離開這個家。」婉玉說後有些感傷，「志宏，我很懷念我們和阿母三人相依為命的那段苦日子，如果能繼續那樣過下去的話，不知有多好。」

「遠離貧窮是我們的理想，難道妳想回復到從前，重新做政府登記有案的貧戶？」志宏有些不解。

「你不瞭解我的心。」婉玉率真地說。

志宏滿臉疑惑地目視著她，不知她說此話的用意是什麼。

「你說表兄妹可以結婚嗎？」

「當然可以，我們村裡就有好幾對。而且阿南嬸還比阿南叔大了好幾歲，大家都說他『娶某大姊坐金交椅』，好命。」

「那不就是表姐跟表弟結婚啦？」婉玉睜大眼睛問。

「以前那個年代，講的不是門當戶對，就是親上加親，純粹由父母做主，甚至還有指腹為婚的情事。現在看來似乎有點不可思議，但他們卻恩恩愛愛、生兒育女過一生，比起現在那些吵吵鬧鬧的鬼自由戀愛強得太多了。」

「表姐弟也可以結婚……。」婉玉喃喃自語地，而後竟然脫口說：「既然表姐弟可以結婚，志宏，那我們也可以結婚啊，以後誰也不會離開這個家。」

「姐，妳要笑死人是不是，」志宏臉上有點熾熱，「別的事可以開玩笑，這種事千萬不能，萬一給人家聽見，不笑死人才怪！」

「有什麼好笑的？」婉玉不認同，「真是少見多怪！」

「姐，妳真的是愈來愈三八了。」志宏不敢抬頭看她。

「坦白告訴你啦，這件事我隱約聽到『契母』和阿母談過好幾次了。她們怕我書讀得比你多、不相配，在個性上你內向、我外向惟恐不相容，其實這是他們的多慮。我們雖然出生在兩個不同的家庭，但自從我媽帶我來到這裡後，我們之間所衍生出來的感情，絕對超過姐弟之情。這件事由我提出似乎有失女性的矜持，而且也有點尷尬。你是知道的，我們相處的時間並非只有那短短的一朝一夕，雖然我比你會讀書，但做生意的頭腦卻不比你靈活。你善良、敦厚又勤奮，是一個可以依靠終身的好男人，因此，我大膽地提出我們永遠生活在一起的要求，這不僅是我的期望，也是阿母和『契母』的希望，但願你能夠瞭解我的心意。」婉玉誠心地說。

「姐，對於這件事，我一時不知該怎麼說才好。」志宏的臉龐熾熱，內心則有無比的興奮，「我充分尊重妳，並聽候阿母的安排。」

「你會不會嫌棄我？」婉玉問。

「妳沒有嫌棄我、是我的幸運，我又怎麼敢嫌棄妳呢！」志宏依然低著頭，不好意思地說。

「你沒有騙我吧？」婉玉更進一步地問。

「姐……。」志宏搖搖頭，紅著臉，不好意思說再下去。

「不過記住，現在不要把這件事情表面化，我們自己先有心理準備就好了。阿母可能不方便直接和我們談論這件事，但她會透過『契母』來和我們溝通的。我是怕事先沒有和你講好，一旦老人家提起這件事，讓你一口回絕的話，那就尷尬了。你瞭解姐的心意嗎？」婉玉情緒有些激動。

志宏點點頭，仍舊不好意思看她。

「為什麼不把頭抬起來，」婉玉走到他身邊，輕輕地拉起他的手，深情地問：「是姐長得不好看、而不願意看，是嗎？」

「姐，妳是知道的，我成天守住這家店，除了做生意外，關心的就是家，對外面的感情世界，可說是一無所知。以前我們是無拘無束、無所不談、坦坦蕩蕩的姐弟情緣，而現在卻要把它提昇成同甘苦、共患難的夫妻關係，即使我心裡有一份無名的興奮感，但我實在是缺乏這一方面的知識，難以用語言來表明，更不好意思目視著妳。姐，請妳原諒我的無知，而不是妳長得不好看。其實妳的美，是許多人公認的，它會永遠存在我的心中。」

「志宏，有你這些話就夠了。往後我們必須共同努力、相互扶持，許阿母和『契母』健康長壽，為我們打造一個幸福、快樂又美滿的家園！」

「姐，這是我們共同的願望，也是兩位老人家的期望。如果阿母和『契母』知道我們已有共識，一定會同聲祝福我們的。妳說是嗎？」志宏紅著眼眶，緊緊地握住婉玉那雙柔柔的小手。而後，兩人竟輕輕地擁抱在一起，同時流下一滴幸福與歡樂交織而成的淚水……。

第十五章

人世間有許許多多的事，的確是令人意想不到的。狗屎貴仔竟央請媒人幫他兒子林安卓做媒，對象正是同街的美少女婉玉。當然，他們是不知道婉玉與志宏已有兩情相悅的默契，甚至也沒有瞭解到她阿母美枝的意向，只仗著家裡有幾個臭錢，就以為能讓人就範，為他當老師的兒子娶一個如花似玉的媳婦，來光耀他們家的門楣。其實狗屎貴仔的想法不僅幼稚，也是錯誤的，因為他的臭名聲島上幾乎無人不知、沒人不曉。即使他兒子長得一表人材，又是一位為人師表的老師，但一想起他父親狗屎貴仔那副惡形惡狀的鬼模樣，無不退避三舍，不敢高攀這門親事。因此，林安卓雖已達到適婚年齡，卻一直不能一圓結婚夢，仍舊是王老五一個，讓抱孫心切的狗屎貴仔夫婦十分地心急。

當媒婆阿雀姑大搖大擺來到婉玉家時，她開門見山就對美枝說：

「美枝姊仔，妳是知道的，貴仔在我們街上可說是首富。他不僅為人正直，也熱心公益，而且還交了很多大官，是我們金門最深具聲望的仕紳。他的獨生子名叫林安卓，是小學老師，多少人主動幫他做媒，都不為所動，卻獨鍾妳們家婉玉小姐，如果妳能答應這門親事，實在是妳們家婉玉前世修來的福份啊！」

「謝謝妳的好意，婉玉自小生長在一個窮苦的家庭，沒讀過什麼書，也沒見過世面，我們高攀不上啦！」美枝一口回絕。

「妳們家婉玉的漂亮和乖巧，幾乎沒有人不知道的，貴仔也誇獎再三，一旦結成親家，那真是門當戶對啊！」阿雀姑以專業的口吻說。

「謝謝你們的誇獎，婉玉只是一個普通女孩，狗屎貴仔他們家的『門』雖然『當』，但我們窮人家的『戶』卻『對』不上，因此，談不上有什麼門當戶對這回事啊！」美枝說。

「我敢保證，如果你們家婉玉嫁過去，絕對有享不盡的榮華富貴。甚至貴仔只有安卓這個獨生子，將來死後，所有的家產都是他們年輕人的啦！一世人也用不完。」

「狗屎貴仔有錢是他們家的事，我們婉玉自小就是一個『歹命囡』，沒有福氣消受啦！」

「如果妳答應這門親事，貴仔有交代，聘金要多少，豬肉要食幾擔，由妳自己開口，他一定如數奉上，絕對沒有第二句話。」

「謝謝啦，我們婉玉沒有這個福氣！」美枝從椅上站了起來，準備送客。

「妳考慮考慮看看，我改天再來探聽消息。」媒婆也跟著站起。

「沒什麼好考慮的啦，妳回去告訴狗屎貴仔，我們婉玉匹配不上！倒是志宏的生意，還望他多多關照，不要找麻煩就好。」

「我說美枝姊仔，妳千千萬萬要考慮清楚，如果婉玉嫁過去，志宏將來可說有做不完的生意，光是『兵仔罐頭』一味，就會讓他賺死。」

「謝謝妳的好意，志宏是忠厚人，靠『兵仔罐頭』賺錢，阮『毋敢肖想』啦！」美枝直截了當地說。

「美枝姊仔，妳要交代志宏，不要死腦筋，賺錢有時也是一種機會。要是和貴仔結『親情』，憑他和軍隊的交情，每天隨便弄些罐頭或「土油」讓志宏去賣，絕對勝過他早上賣『十外主』雜貨，像這種好事要到那裡去找啊！」

「妳的好意我們心領了。」美枝不客氣地說：「今天我坦白地告訴妳啦！志宏蒙受金和信老頭家的栽培，絕對會延續金和信的商譽。我們寧願不賺錢，也不會去賣那些違法的軍用品，這點請妳搞清楚！」

「有話好好講，不要那麼激動嘛！」阿雀姑陪著笑臉，「妳好好考慮這門親事，我改天再來。」

「不必浪費時間啦！」美枝不屑地，而後竟脫口說：「我們婉玉已經有對象了，『新年下冬』就要請你們吃糖啦！」

「什麼？」阿雀姑訝異地，「怎麼沒聽人說過，什麼地方人？妳在騙我是不是？」

「我們是鄉下人家，不是狗屎貴仔那種有錢有勢的社會人士，這種小事，怎麼敢張揚、怎麼敢向人家炫耀！」美枝故意說。

「早知道的話，我今天就不會來了，」阿雀姑有點洩氣，「我還向貴仔拍胸脯保證，一切包在我身上，他還答應事成後要給我一個大紅包。現在好了，紅包沒拿到不打緊，對貴仔卻不好交代，做了幾十年媒人，就是這一次最『見笑』、最沒有面子！」

「來了這麼久，只顧談話，忘了倒杯茶給妳喝。」美枝淡淡地笑笑，而後準備去倒茶。

「媒人做不成，教我怎麼喝得下，妳的好意我心領了。」阿雀姑失望地笑笑。

「既然這樣，我就失禮了。」美枝緩緩地走動著，卻也挖苦她說：「我們『做穡人』嘛，沒有上山耕作，是沒有飯吃的。不像妳靠的是那張『胡蕊蕊的媒人喙』，既可做好事，又可賺錢。」

「跑跑腿、做做好事倒是真的。」阿雀姑興奮地笑笑，「賺錢談不上，只賺幾斤媒人肉和一個小紅包而已啦！這一次媒人雖然做不成，但貴仔已先給我兩罐兵仔豬肉罐頭，以及六包兵仔餅干，而我只不過跑了這趟，認真說來還是賺到。」

美枝沒有再理會她，逕自上山耕作去。

第三天，重來婉玉家說親的不是媒人阿雀姑，而是狗屎貴仔親自出馬。只見狗屎貴仔肩上背著一個帆布袋，裡面裝著各種兵仔罐頭，少說也有五、六罐，大搖大擺來到婉玉家。這一次除了美枝外，志宏與婉玉的「契母」秀春也在家。

「大家都在同條街做生意，對於我貴仔的為人，相信妳們也一清二楚。」狗屎貴仔開門見山地說：「老實告訴妳們，我只有安卓這個兒子，他今年已經快三十歲了，我透過不少關係，找了好幾位媒人，幫他相過不少親，也見過多位門當戶對的良家女孩，就是沒有一位他中意的，想不到他喜歡的是妳們家婉玉。前天我央請阿雀姑來說媒，她竟然說妳家婉玉已經有了對象，這位男孩子不知是誰家的兒子，我倒要認識認識。就憑我貴仔的事業和聲望，以及受過高等教育、長得英俊瀟灑、一表人材的兒子，我不相信有誰敢來和我們家相比的。

既然婉玉還沒和人家正式訂婚，就不算數，照樣可以另找婆家。妳們應該為她的未來著想，一旦嫁給安卓，可是名符其實的『先生娘』，也是我貴仔的好媳婦，名聲絕對可以傳遍金門城。並非我說大話，以我們家的財富，可以讓他們躺著吃一輩子也吃不完。像這種『親情』，妳們打著燈籠也找不到啊！要多少聘金，只要妳們開得了口，我就給；要吃幾擔豬肉，只要妳們說出數量，我應付到底。我貴仔向來說話算數，從不打折扣！」

「雖然我很少上街，但你狗屎貴仔的名聲，我早就聽說過了。」美枝淡淡地說。

狗屎貴仔得意地笑笑。

「豈止聽說，」秀春不屑地，故意挖苦他說：「上次志宏被誣賴，還是他狗屎貴仔幫我們解圍的呢！」說後，看了一下美枝，「美枝姊，我們應該先謝謝他的大恩大德才對啊！」

「哪裡、哪裡，」狗屎貴仔搓著手，皮笑肉不笑地，活像一個小丑，「大家都是幾十年的老『店邊』，幫點小忙，應該的、應該的！不過我也有一點請求，以後兩位叫我貴仔就好，不要再加上那兩個難聽的『狗屎』字眼。老實說，以前『序大人』沒讀書，也沒知識，聽說我只是不小心踩到一坨狗屎，而他們卻認為狗屎是富貴的象徵，因此，就這樣把狗屎兩字加在我的名字上，說來也太神奇了，幾十年來真的讓我大富大貴。但是現在時代不一樣了，到處都是有知識的讀書人，我所交往的也是一些有頭有臉的大官和社會人士，一旦在他們面前叫起狗屎貴仔，不僅不好聽，也相當的不文雅，甚至也會破壞我的形象。今天趁著來向妳們家婉玉說親的機會，拜託兩位以後千千萬萬不要再叫我狗屎貴仔。」

「不叫你狗屎貴仔，請問要叫你什麼？」秀春不客氣地問。

「叫我貴仔就行了，」他說著，看看美枝和秀春，竟大言不慚地笑著說：「一旦婉玉和安卓的婚事談成了，往後我們就是親家了。叫親家也可以，叫親家也可以啊！」

「狗屎貴仔，我們打開天窗說亮話，」秀春有些激憤，「我們美枝姊既忠厚又老實，她向來是不喜歡和那些自命不凡的社會人士打交道的，關於婉玉的親事就由我這個『契母』代替她阿母來跟你談吧！」

「好、好、好，這樣好！」狗屎貴仔興奮地點著頭，「我們是多年的『老店邊』，老頭家還沒死的時候，我們的交情也不錯啊！妳是知道的，同街的好些商家，看我貴仔靠賣軍用品賺了不少錢，大家都有些眼紅，千方百計要來陷害我。但他們低估我了，只要我用點關係，什麼事都可以擺平的。一旦這門親事談成了，往後大家就是一家人了，我會撥一部分生意給志宏做，他就不必那麼辛苦，去守那幾個大菜籃。屆時婉玉入我家門，我敢保證，她絕對是金門第一好命的媳婦。關於這門親事，我相信妳會站在我這邊，替我說項的。如果說成了，媒人禮少不掉妳一份，我貴仔絕不食言。」

「狗屎貴仔，老實說，你洋洋灑灑說了一大堆，無疑只是凸顯你的權勢和金錢，但這兩樣東西對我們來說，卻只是身外之物。說一句不好聽的話，美枝姊帶著婉玉和志宏從苦難中一路走來，而她卻安貧樂道，從不貪圖什麼榮華富貴，這點你必須搞清楚。其次我必須坦白告訴你，婉玉和志宏是一對遠房表姐弟，自小感情很好，現在長大了，誰也不願意離開這個家庭。況且，表親成婚不僅是親上加親，也是稀鬆平常的事。因此，我和美枝商量的結果，決定讓婉玉和志宏成親……。」秀春尚未說完。

「婉玉和志宏都願意嗎？」狗屎貴仔急促地問，而後竟然說：「我不相信婉玉和志宏成婚，會比嫁給我們家安卓好！妳們應該讓婉玉嫁給我們家安卓，志宏我再找媒人幫他物色一個，這樣不是兩全其美嗎？」

「狗屎貴仔，你的好意我們心領了，就憑你們家的財富與令郎的才情，要找一個門當戶對的千金小姐多得是。婉玉和志宏這兩個苦命的孩子，一路走來坎坎坷坷，此生就讓他們相互扶持、平平安安地度過吧！」美枝感性地說。

「既然是這樣，妳們早就應該明講啊！我也不會在這裡浪費那麼多口舌，真是莫名其妙！」狗屎貴仔有些氣憤。

「前天我不是向阿雀姑說過了嗎，難道她沒有告訴你？」美枝說。

「我就不信憑我貴仔的兒子，娶不到妳們家婉玉！」狗屎貴仔高聲地說。

「我知道你有權有勢又有錢，但你狗屎貴仔要搞清楚，你的權勢和金錢是怎麼來的？別以為你有多清高，能夠為所欲為！」秀春挺身而出，毫不客氣地說。

「妳眼紅了是不是？」狗屎貴仔不屑地提高嗓門，「不錯，大家都知道，我貴仔做的是投機生意，專賣『兵仔貨』，賺了不少錢。不怕妳們笑話，我用少許的錢來巴結大官、換取權勢。一般百姓得不到的，我可以輕而易舉得到；許多人解決不了的問題，我可以透過關係來解決，金錢的好用就在這裡。而妳們金和信能嗎？做得到嗎？我也始終相信，金錢能為我兒子買到媳婦、買到幸福，如果我們家安卓不能找到一個比妳們家婉玉更漂亮、更賢慧的老婆，就跟妳同姓！」

「俗話說：有錢能使鬼推磨，憑你狗屎貴仔的錢財，別說是娶一個媳婦，十個你也娶得起。但你千萬不要忘了，這件事從頭到尾，都是你們主動來說親，甚至在這裡自彈自唱、自吹自擂，說得口沫橫飛。而我們從來就沒有說過我們家婉玉漂亮和賢慧，請你放尊重點！」美枝接著說。

「老實告訴妳們，如果不是為了我的兒子，我是不會踏入妳們這種髒亂的鄉下地方，更不可能坐在妳們這棟破落的古厝裡。如果識相的話，我們就結個親家，讓婉玉嫁給我們家安卓，聘金豬肉金額數量由妳開口，我說到做到，絕無第二句話。至於志宏方面，我一定會信守承諾，央請媒人幫他另找一個，所有開銷由我貴仔負責。如果妳們不給我貴仔這個面子，往後金和信的日子恐怕會很難過。」狗屎貴仔語帶威脅地說。

「你不要威脅我們鄉下人，」美枝不甘示弱地說：「儘管你狗屎貴仔有權有勢，但我這個老查某也歷經過大風大浪。婉玉和志宏成親已成定局，我們絕不會受到利誘而改變，你有什麼『奧步』儘管使出來，我這個快死的老查某不信你那一套！」

「不要以為你有幾個臭錢就想欺負人！」秀春也毫不客氣地指著他說：「坦白告訴你，我金和信商號歷經數十年慘澹經營，從不做投機生意與違法買賣，但也不是被嚇大的，這點你狗屎貴仔給我搞清楚，別想仗勢欺人！」

「妳們想聯合起來辱罵我是不是？」狗屎貴仔怒指著她們，激憤地說：「老實告訴妳們，像妳們這種不識抬舉的老查某，再來十個八個也不是我的對手！不相信妳們試試看！」

「你想打人是不是？」美枝順手拿起一把掃帚，在他面前比畫了好幾下，「希望你收斂一點，不要欺人太甚，要不，老娘就用掃帚頭『打乎汝起肖』！」

「肖查某。」狗屎貴仔低聲地嘀咕著，而後自討沒趣想走了。

「把你那些罐頭一起帶走，」美枝指著桌上那隻提袋，不客氣地說：「我們再窮，也不稀罕你那些兵仔罐頭！」

「想不到當年靠美國番仔救濟的貧戶，現在鹹魚翻身了。」狗屎貴仔用一對鄙夷的眼神瞄了她一下，而後大聲地說：「我倒要看看妳神氣到幾時！」

「神氣的是目中無人的狗屎貴仔，而不是我們！」秀春高聲地斥責他說。

「今天算我倒楣，親事沒說成，還碰到兩個肖查某……。」狗屎貴仔話尚未說完。

「你這隻死老猴，你才肖、你才肖！」美枝掃帚頭一揮，連續打了他好幾下。

只見狗屎貴仔提著那袋罐頭，快速地落荒而逃。

而狗屎貴仔親情沒說成，又「衰尾」挨了美枝的掃帚頭，他會甘心嗎？會輕易地罷休嗎？那是不可能的。小人心中想的，就是伺機報復！

第十六章

時間隨著部隊的換防、採買的更換而逝去。但往往，部隊與民間的互動關係，也會被列入移交。老兵帶新兵，不會往別處跑，找的仍然是老主顧。而那些靠賣兵仔貨以及「棒大官卵泡趁食」的投機份子，依舊是活龍一條，在市場上呼風喚雨，而後財源滾滾，狗屎貴仔就是最明顯的一例。甚至他還不顧多年的鄰居或同業關係，只要抓住機會，就把人家的主顧搶走，這種沒有商業道德的人，讓人痛心疾首。然而，多數商家雖然痛恨在心，但為息事寧人，不願與他爭，吃點虧也就算了，並沒有和他計較。

轉眼秋節到了，上級發給各單位官兵團體加菜金畢竟有限，軍中各伙食團為籌措加菜金，無不偷偷把剩餘的主副食品，利用早上採買的機會，帶出來販賣。即使他們知道販賣軍品是犯法的，但迫於要讓官兵過一個難忘的節日，不得不冒著被憲兵抓的危險，把剩餘的米糧和罐頭，帶出來販賣換取現金，好購買大魚大肉加菜犒賞官兵，讓他們過一個豐盛的秋節，並適時準備反攻大陸。

金和信商號不買賣軍用品，已是眾所皆知的事。然而秋節那天一早，志宏剛開店門不久，突然有一位操廣東口音的班長，扛著一麻袋東西，放在櫃檯邊，從外觀看來，裡面裝的絕對是罐頭。志宏正納悶著，班長卻先開口。

「老闆，麻袋裡有二十罐豬肉罐頭，五罐牛肉罐頭，算便宜一點賣給你。」

「不好意思，班長，」志宏禮貌地說：「我們金和信從來不買賣軍用品。」

「你小子不要怕，是下面那家安貴商號老闆介紹我來的。」班長說。

「我們從來沒有買賣過軍用品啊，狗屎貴仔怎麼會介紹你來呢？」志宏感到有些詫異。

「你別假惺惺好不好，他說你大小通吃，付錢乾脆。我又不是憲兵，你怕什麼？」班長說。

「班長，我們金和信真的沒有賣過軍用品，可能是你聽錯了。」志宏解釋著說。

「丟你老母嗨！」班長有些激動，「他明明告訴我說，他現在尚未賣出去的各種罐頭，還存有好幾箱，要我把這些罐頭拿來賣給你，你還裝什麼蒜！」

「狗屎貴仔他說謊，我真的沒有賣過軍用品啦！」志宏辯解著說。

「你再不識相，老子就揍你！」班長有點動怒，「趁著現在人不多，我搬到裡面讓你點一下，然後給錢。老子等著這些錢加菜呢！」

「班長，我已經講過好幾遍了，」志宏有點不客氣，「如果你急著賣，請狗屎貴仔再為你介紹別的商家吧！我絕對不會買你這些罐頭的。」

「好，丟你老母嗨，有錢你不賺，老子找別家去，如果賣不出去的話，跟你這個龜孫子同姓！」班長說後，扛起麻袋轉身就走。然而剛踏出店門，又快速地轉回來，並直往裡面走。志宏跟了進去。

「外面有憲兵，先讓我躲一躲。」班長放下麻袋，緊張地說。

志宏並沒有說什麼。

班長重新走到店門口，在外面探頭探腦，而後又走進來。

「那些罐頭暫時先放在你這裡，我找到買家就來搬走。」班長說。

「沒關係。」志宏不疑有他，毫不在乎地說。

不一會，採買相繼地來了，志宏開始忙碌了，婉玉也從家裡騎著腳踏車來店裡幫忙。因恰逢秋節之故，生意格外忙碌，志宏一時也忘了班長還寄放一麻袋罐頭在店裡，因此並沒有刻意地去注意。而不幸的事件隨著早市的散場來了，一位軍官帶著兩名憲兵走進店裡，他們二話不說，直往屋裡走，不必花費時間搜索，麻袋裡那些罐頭就是販賣軍品的物證，任誰也無法狡辯。志宏和婉玉對於這個突如其來的事端，更是不知所措。

「這些罐頭從那裡來的？」軍官問。

「是一位班長寄放的。」志宏說。

「那一個單位的？叫什麼名字？」

「我不知道。」志宏據實說。

「既然連他的名字都不知道，為什麼會讓他寄放？」軍官怒斥他說。

志宏一時無言以對。

「是不是你向他買來賣的？」軍官又問。

「整條街的人都知道，我們金和信商號向來不買賣軍用品。」婉玉從旁解釋。

「那位班長只是暫時寄放，或許等一下就會來拿走。」志宏補充著說。

「既然是這樣的話，為了毋枉毋縱，以及對檢舉人有一個交代，我們就留一位憲兵在這裡等候，以便釐清事情的真相。」軍官的語氣緩和了許多。

「好，這樣很好。」志宏同意他的說法。

金和信店裡有一位憲兵在看守，馬上引起同街的人議論紛紛。一向中規中矩的志宏，難道會做出什麼違法的事情？抑或是與軍方有什麼過不去的地方？要不，怎麼會有憲兵在看守。左鄰右舍雖然感受到一股不尋常的氣氛，但礙於軍方的權勢，以及不願捲入這種是非圈，因此，並沒有人主動進去關懷，只在門外等消息、看熱鬧。

「到底是怎麼一回事？」婉玉問志宏。

當志宏把詳情一五一十告訴婉玉時，婉玉內心隨即有一份強烈的感應。

「志宏，一定有人暗中搞鬼，說不定我們已中了人家的圈套。」

「怎麼說？」

「那位班長絕對不會再出現，」婉玉搖搖頭，「不信你試試看。」

「我自己也在想，其中必有蹊蹺。」志宏激憤地，「那位班長說是安貴商店老闆介紹他來的，而狗屎貴仔明明知道我們從不買賣軍用品，為什麼還會介紹他把那些罐頭拿來賣給我們？自從說親不成後，他就懷恨在心，處處想整我們。原本在我們店裡買雜貨的師部連和工兵連，也被他搶走了。」

「依我的判斷，這一次一定是他設計來陷害我們的。」婉玉說。

「怕什麼，我們從來就沒有買賣過軍用品，這些罐頭純粹是那位班長寄放的，無論到什麼地方去講，我們都不怕！」志宏理直氣壯地說。

「這件事沒有我們想像中那麼單純，或許，麻煩事正要開始。」婉玉憂慮地說。

「管它的，只要我們問心無愧就好了！」

「話雖這麼說，但軍方豈會輕易罷休。」婉玉依然憂慮地，「如果那位班長不出面，我們對那些罐頭又不能自圓其說，軍方一定會追根究底。」

「依目前這種情勢來看，一旦那位班長現身來搬取這些罐頭，勢必馬上被憲兵抓走。如果他不出面而把這些罐頭嫁禍在我們身上，那可能才是我們苦難的開始。」志宏也開始有些憂慮。

「從許多事件看來，我們可以發現到狗屎貴仔這個人的惡毒。」婉玉搖搖頭說。

「這種人會得到報應的。」志宏氣憤地說：「如果真被叫到憲兵隊問話，我一定要把班長所說的每一句話，據實地告訴他們。尤其是狗屎貴仔為什麼要介紹班長把罐頭拿來賣給我的那一段，更要做一個詳細的說明。」

「他們會相信你的話嗎？」

「不信，我也得說。絕不能讓狗屎貴仔置身事外。」

婉玉心有同感地點點頭。

臨近中午，依然不見班長現身，兩名武裝憲兵押走了志宏，搬走了罐頭，同街的商家一陣嘩然，志宏涉嫌賣買軍用罐頭被抓的消息隨即傳遍各地。美枝、秀春和婉玉，面對天上那輪皎潔的月光，過了一個愁雲慘霧的中秋節。然而，三個女人集中在金和信，即使絞盡腦汁、徹夜未眠，依舊無法想出一個妥善的辦法來營救志宏。

「狗屎貴仔認識很多大官，找他一定有辦法。」鄰人向她們建議著說。

「這件事絕對與狗屎貴仔這隻狐狸所脫不了關係，」美枝咬牙切齒，「除非他良心發現，要不，我們是不會主動去求他的！」

「現在這個社會是一些能逢迎拍馬的小人在當道。我們也不必去求這種滿口仁義道德的假紳士，相信老天爺自會還我們一個公道。」秀春說。

婉玉神情黯然，腦中所想的盡是志宏的安危。這件事的始末，認真說來與她亦有關聯，想不到狗屎貴仔親事說不成，竟以這種卑鄙的手段挾怨報復。但願憲兵隊的長官能調查清楚、秉公處理，還給志宏一個公道，並把平日為非作歹、專做投機生意的狗屎貴仔繩之以法！

志宏已被憲兵隊關了三天，依然沒有被釋放的跡象，婉玉心中的焦急，可想而知。她曾試圖找村長以及諮詢代表幫忙，但一聽說是非法買賣軍品，無不趕緊打退堂鼓、不敢介入。而正當婉玉為此事感到焦頭爛額、走頭無路時，卻偏偏又遇上了一個凶神惡煞，他就是那些罐頭的主人、不知其真實姓名的班長。

「妳給我聽好，憲兵隊正在調查罐頭這件事，妳要設法告訴你們老闆，如果敢把我和阿貴扯進去，老子就拿槍通通把你們幹掉！別忘了，子彈是不長眼睛的，到時要是讓老子冒火，一個也不留！」

「班長，好漢做事好漢當！你應該到憲兵隊自首，不要栽贓於我們這些小老百姓，這才叫著男子漢大丈夫！」婉玉無懼於他。

「丟你老母嗨，老子還要妳來教訓！」班長又提出警告，「這次事件，如果敢把我和阿貴牽扯進去，大家就走著瞧，老子絕不會放過妳們的！」

「是不是狗屎貴仔給你好處，要你來陷害志宏的？」婉玉不客氣地追問。

「是又怎樣？，不是又怎樣？」班長不在乎地，「老實告訴妳，叫你們老闆識相點，別假清高！多跟阿貴學習、學習。」

「無恥的小人！」婉玉激動地罵著，「難道沒有王法啦！」

「妳仔細地去打聽打聽看看，這個年頭講的是『孫中山』，王法則是其次。難道妳沒聽說過『有錢能使鬼推磨』這句話！你們老闆年輕不懂事，別忘了識時務者為俊傑，這次只是讓他嚐點苦頭，往後如果敢不和我合作的話，絕對會讓他吃不完兜著走！況且，我把那些部隊吃剩的米糧罐頭拿出來賣，純粹是替官兵謀福利，司令官也奈何不了我，何況是那些小憲兵。」班長既傲慢又神氣地說。

婉玉不想和這種不可理喻的老北貢繼續談下去，她突然靈機一動，暗中從班長口袋上的名牌記下他的名字，也從他臂上的臂章記下他服務單位的番號，這兩項也是志宏無法向憲兵隊闡明的地方。一旦把它告訴憲兵隊，只要他們深入調查後秉公處理，相信很快就能釐清事實的真相，還給志宏一個清白。倘若班長硬是不承認，他所作所為勢必也會引起憲兵隊的注意，一旦這些調查人員不畏權勢，有意查個水落石出，屆時，連靠買賣軍用品發財的狗屎貴仔，想必也難全身而退。

於是婉玉懷著極端沉重的心情，在阿母和『契母』的陪同下來到憲兵隊，希望能見到志宏，以便把班長服務的單位和名字告訴他，請憲調人員傳他來作證。然而，被關在憲兵隊拘留所的志宏，並非家屬想見就能見到的，三人連憲兵隊的大門都進不去，遑論想到拘留所見他一面。正當她們失望地想回家時，一輛吉普車卻在她們的不遠處停下，下車的是一位軍官，從他的領章一眼就看出是憲兵中校，在婉玉、美枝和秀春眼裡是位大官。

「我是隊長，妳們有事嗎？」中校主動地問。

「報告隊長。」婉玉禮貌地，畢竟她讀過初中、受過軍訓，知道軍中的禮儀。

「不必客氣，有事請說。」隊長慈祥地說。

婉玉把發生的經過向他陳述了一遍。

「這件案子我曉得。妳們要知道，非法買賣軍用品是一件很嚴重的事，妳弟弟又不能說出是那一位班長寄放的……。」隊長尚未說完。

「隊長，」婉玉搶著說：「我知道，這位班長名叫牛廣才，從他的臂章來看，就是我們附近那一師的士官。」

「妳怎麼知道？」隊長訝異地問。

「他不久之前還到店裡恐嚇我，要我轉告我弟弟，如果敢把他和安貴商店的老闆扯進去，就要拿槍把我們幹掉！最後還警告我說，子彈是不長眼睛的，到時一個也不留！」

「真有這種事？」隊長驚訝地。

「我不敢說謊。」婉玉據實說。

「好，」隊長嚴肅而認真地，「這件事我們憲兵隊絕對會深入調查、秉公處理，一定會做到毋枉毋縱，除了把為非作歹的不肖份子繩之以法外，也不會冤枉好人。倘若經過調查後，認定令弟沒有涉案，我們會盡快把他釋放，並還給他清白。」

「謝謝你，隊長。」婉玉由衷地說。

「不客氣，這是我們憲兵隊的職責。」隊長說後，轉向美枝和秀春，「兩位阿嫂請放心，我們會調查清楚的，也會給妳們一個交代，現在妳們可以回家休息了。」

「多謝、多謝。」兩位老人家幾乎異口同聲地說：「你這位官長，人真好！人真好！」

經過憲兵隊的明查暗訪，終於讓整個事件明朗化，所有事端均出自心存報復的狗屎貴仔身上。辦案經驗豐富的憲調組在軍法組軍事檢察官的指揮下，已掌握充份的證據，首先以「盜賣軍品」與「恐嚇」的罪名，羈押了八四師上士補給士牛廣才。繼而地以迅雷不及掩耳的動作，搜索安貴商店，起出為數不少的各類軍用物品，讓狗屎貴仔措手不及。

儘管他想透過關係來擺平這件事，然此事非同小可，當事情曝光後，平日在一起吃吃喝喝的酒肉朋友，早已不見蹤影；幾位返台休假時、靠他送高粱酒和黃魚的大官，也趕緊和他撇清關係，狗屎貴仔幾乎已到了四面楚歌的地步。而他能怪誰呢？是社會的現實？還是朋友的無情？抑或是自己作惡多端、遭受天譴？或許，只有他自己的心裡最清楚！

案子很快就由憲兵隊移送到金防部軍法組究辦，志宏獲得無罪釋放並沒有人感到訝異，狗屎貴仔和補給士牛廣才被羈押在軍事看守所已是不爭的事實。而此時，他們身處的是戰地，所犯的又非一般民事案件，一個是「盜賣軍品」和「恐嚇」，一位則是「收贓」和「買賣軍品」。尤其是在這個以軍領政的小島上，大凡與「軍」字有關的案件，均難全身而退，加重其罪行勢必難免，一切交由軍法官依法審理而後定罪。安貴商店也因狗屎貴仔被判刑，乏人經營而暫時歇業。往日在這個小鎮上作威作福的假紳士，如今已淪為階下囚。是老天有眼？還是他罪有應得？成為鄉親茶餘飯後的閒談話題。

第十七章

經過這次「鑵頭」事件，卻也讓志宏和婉玉親身體會到「禍從天上來」的無奈。看似純樸的島嶼，似乎也處處滿布著陷阱；看似和諧的人生，難免也會因某些微小的事件，衍生出令人意想不到的仇恨。這個社會，的確是構造得太不完美了，讓人感受到的盡是它的炎涼和冷漠，而不是溫煦。幸好還有主持正義的軍中長官，志宏始免受到無辜的傷害，並把誣陷他的敗類繩之以法，這是他深感安慰的地方。

美枝把豬圈裡四頭大肥豬出售後，又急著向村人買回同等的豬仔回來飼養。而這幾頭豬仔，她必須花費更多的心思來照顧，並用「豆餅」和著蕃薯雜糧來餵食，好讓牠快快長大，以便「新年下冬」，志宏和婉玉成婚時宴客用。

這些日子來，美枝心中一直有一份無名的感慨，想不到兩個自小一起長大的年輕人，竟能歷經歲月的考驗，把遠房的表姊弟之情，極其自然地衍生成兩情相悅的愛情，這不僅是她和秀春始料未及的，更是她們深感興奮的一件事。再過不久，當他們步入禮堂的那一天，面對她一手拉拔長大的新人，她激動的情緒或許會難以控制，除了獻上永恆的祝福外，勢必也會流下一串串喜悅的淚水。畢竟，她們母子三人，都是從苦難中走過來的歹命人……。

生意人除了打烊外，是鮮少有休息時間的。一年三百六十五天，只要店門一開，無論有沒有生意，都必須有人在店中看守或等候。因此，志宏和婉玉幾乎沒有和時下一些青年男女一樣，結伴去看場電影或四處走走看看，感情的衍生全靠長久的相處培養出來的。

「姐，我們今晚提早打烊，一起去看電影。」志宏提議說。

「好啊，」婉玉興奮地，「除了上山或工作外，我們還沒有一起出去過呢！真不知道我們的感情是怎樣培養出來的！」

「我們的感情是長久相處後，自然衍生的。雖然與時下那些青年男女相比，感到有點落伍，然在我們內心裡，卻感到無比的溫馨。姐，妳認為呢？」志宏由衷地說。

「不錯，這就叫真情，但願我們能好好地珍惜！」婉玉深情地看看他，而後笑著說：「以後不能再叫『姐』了。」

「不，即使妳早生我十幾天，往後我們也將結成連理，然在我心中，妳是永遠的姐！」

志宏感性地說，然後竟開起了玩笑，「老一輩的人常說『娶某大姊，坐金交椅』。姐，有妳，這輩子我一定比其他男人還幸福！」

「不，」婉玉笑著說：「姐往後要依靠你，這個家更需要你，因為你是男人，知道嗎？」

「放心吧，姐，我會挑起這個家的重責大任，讓全家人過一個幸福、美滿又安康的生活，才不會辜負阿母養育、『契母』愛護我們的那番苦心。」志宏說。

「不錯，人要懂得感恩，也要知道惜福，姐沒有看錯你！將來在坎坷的人生大道上，我們必須相互扶持，攜手走完人生的路程！」

志宏含笑地點點頭。

那晚，他們懷著怡悅的心情來到電影院，其真正目的並非想觀賞這部打打殺殺的武俠片，而是想放鬆心情，體會一下兩人單獨相處在一起時的甜蜜滋味。在漆黑的電影裡，志宏緩緩地拉起婉玉的手，輕輕地放在自己的大腿上，即使不久即將成婚，但他們心中依然存有一份初接觸時的緊張氣氛。他們強烈地感受到彼此的心隨著這股氣息而加快了跳動的速度，原先沒有任何跡象的手心亦有微溫的汗水冒出。這不僅是愛的聲氣相通，也是他們此生未曾有過的切身感受。不錯，真愛往往隱藏在人們心靈的最深處，又何須經過激情的演出才能享受那份悅人的快感。倘若心中無愛，勢必像一泓混濁的死水，激不起一絲小小的漣漪，更何況是生命中那盞熾熱的火花。

此時，志宏聞到的是從婉玉身上飄來的少女香。雖然兩人相處的時間不算短，但真正能感受到這股氣息的則是在不久之前。即使志宏那顆少男心早已有些心動，然婉玉在他心中始終是姐，豈能有非分之想。倘若不是婉玉先提起，內向的志宏不管心存多少愛，亦不敢輕率地表明。而今，他們的好事將近，身旁這位美少女，將和他攜手共創未來。

在婉玉心中，志宏是一個可以託付終身的好青年，若以她在校的成績而言，絕對可以考上高中。然而，為了遷就現實環境，她寧願選擇輟學來降低她與志宏之間的學歷差距。儘管當初在做這個抉擇時，內心曾充滿著無比的矛盾，但還是被她的毅力所克服。為了這個家，為了拉拔她長大的阿母，為了相互扶持一起長大的志宏，她始終認為自己的選擇沒有錯，即使往後有任何不如意的事故發生，她也絕不後悔此時所做的選擇。因為，她早已把自己的終身幸福，寄託於這個從苦難中一路走來的家庭。

志宏在她的手背上輕輕地拍著、拍著，霎時，她的內心隨即湧起一股強烈的幸福感。這份感受，也是她終身的期待，因為沒有人能夠比她更瞭解一個孤女內心所渴望的那份愛。她冀求的雖不多，卻需要真誠的相待；她冀望的不是別人的施捨，而是全家人的疼惜。她一直相信，這個小小的冀求，老天爺一定不會讓她失望的！

此刻，兩人的心思一樣同，目視前方的銀幕，想著未來的幸福歲月，看電影只是藉口。而突然，一聲刺耳的砲彈爆炸聲，不知不覺地打斷了他們各自的思維，漆黑的電影院內霎時濃煙密布，但他們的意識卻相當清楚。今天是單號，一定是中了宣傳彈，志宏趕緊按下婉玉的肩膀。

「快蹲下！」

然而，在緊張和不經意中，在兩人同時蹲下的那一刻，志宏的手竟觸及到婉玉高聳的胸部，雖然看不到婉玉的表情，自己的臉龐卻感到有無比的熾熱，在那短暫的瞬間，生理上竟然亦有某種程度的反應，讓他感到未曾有過的羞怯。

濃煙和刺鼻的煙硝味快速地在院內散開，孩子的哭聲和大人的喊叫聲，聲聲激動著所有觀眾的心扉，院內已呈現出一片紛亂的狀況。

出去，深恐被砲彈打死；

不出去，會被濃煙嗆死；

這或許是多數人的想法。

婉玉雖然緊緊地抓住志宏的衣服，但內心似乎沒有太大的恐懼，因為有志宏在她身邊，亦有數百位鄉親同時在觀賞，況且，距離他們的座位尚遠，打的又是宣傳彈，並非是威力強大的砲彈。想當年母親被打死時的那幕情景，才是她此生最大的夢魘，現在回想起來，依然是她內心永遠的疼痛。如果沒有美枝阿母的收養，她非但不會有今天，也不可能擁有一個溫馨幸福的家庭。

砲聲轉向後，志宏毫無顧忌地牽著婉玉的手走出電影院。幸好，砲彈雖然從屋頂上落下，但被擊中的只是舞台前的空地，除了讓大家飽受一場虛驚外，並未造成人員的傷亡，這算是不幸中的大幸。而未曾同來看過電影的志宏和婉玉，當他們首次肩並肩坐在一起觀賞時，卻遇到這場意外，的確在他們坎坷的人生歲月中，留下一個難忘的回憶。

「真想不到，」婉玉搖搖頭，感嘆地說：「好不容易一起出來看場電影，卻遇上了砲彈。」

「人生的際遇，有時確實是令人料想不到的。」志宏微微地點點頭，「說真的，那些打打殺殺的電影情節，並沒有引起我的興趣。姐，我心想的是妳。」

「我們似乎都有這種同感，但能夠一起出來，卻也是一個難得的機會。別忘了，忙歸忙，有時候也得到戶外呼吸一點新鮮的空氣，以及調適一下為錢而忙碌的緊張情緒，這樣活著才有意義。」婉玉說。

「妳的想法沒有錯，實際上我們每天也不必那麼晚才打烊。將來結婚後，我們應該多挪出一些時間來經營家庭。尤其是兩位老人家，更需要我們誠摯而貼心的照料。在不愁吃、不愁穿之下，她們想要的是子女的關懷和心靈的慰藉。讓她們活得健康快樂，更是我們衷心的期盼。姐，妳說對嗎？」

「我十分認同你的說法，它也是我不想離開這個家的最大理由。沒有阿母就沒有我們，沒有契母就沒有我們現在的事業。我經常地提醒自己，人，除了不能忘本外，更要時時刻刻懷抱著一顆感恩的心。試想，兩位老人家又能讓我們侍奉多久、盡多少孝道？有時想起這件事，眼淚都快要流出來了。」婉玉感性地說。

「但願她們都能長命百歲，好讓我們有感恩圖報的機會。」志宏由衷地說。

「阿母的身體雖然調養得不錯，但她依然離不開祖先遺留下來的那幾畝旱田，每天仍舊與山為伍、與海為伴，早出晚歸，讓人不得不替她的健康擔心啊！」婉玉憂慮地說。

「或許，山與海、土與地，都是我們生命的共同體，和我們『做穡人』有密不可分的切身關係，這也是阿母沒有辦法割捨它們的最大理由。」志宏解釋著說。

「不錯，天地有情、世間亦有之，山海也是如此的。沒有感情的世界，或許，不會有人類的存在。阿母從小在這塊土地長大，彷彿大地就是她的母親，早已衍生出一份無可取代的母女深情，要她放棄那些田地，除非百年後，要不，已是不可能的事！」婉玉斷然地說。

他們談著、談著，已進入大街上。經過已歇業的安貴商店，金和信商號就在不遠處。

「姐，今晚住店裡、還是回家？」志宏問。

「我已向阿母講過了，今晚住店裡、不回去了。」婉玉轉頭看看他，然後笑著說：「跟你作伴，你高興嗎？」

志宏臉上一陣熾熱，不知如何回答才好。

「怎麼了，不好意思啦？」婉玉取笑他說。

「反正一人住一間，又有什麼不好意思的！」志宏低著頭，不敢看她。

「把頭抬起來，」婉玉糾正他說：「你已經長大了，不能低著頭跟姐說話，要有男子漢大丈夫敢說敢做的英雄氣慨。別忘了，姐往後還要依靠你一輩子呢！」

「姐，畢竟妳在城裡多讀了幾年書，無論思想或各方面的知識，都比我有見地，我實在自嘆弗如啊！尤其是男女感情的事，瞭解的程度更是有限，往後還得請姐多指點。」志宏誠摯地說。

「你以為姐是情場老手啊？」婉玉不屑地，卻又做了一番解釋，「坦白告訴你，你是姐此生的第一個愛人，當然，也是最後一個啦！我們已有深厚的感情基礎，不必像其他年輕人一樣，要談什麼鬼戀愛，要等什麼感情成熟才能結婚。阿母曾經對『契母』說，欄裡的豬隻長大，就讓我們結婚。志宏，你高興嗎？」

「姐，這還用得著說嗎？」志宏反問她。

兩人回到店裡關上門，一股青春熾熱的火焰同時在他們身上燃燒，外向活躍的婉玉已顧不了少女的矜持，竟緊緊地摟住志宏不放。她渴望的是什麼？想要的又是什麼？沒有經過愛情洗禮的志宏，只感到血液快速地在體內奔馳，只感到青春的慾火在燃燒，而他又能以什麼來撫慰身邊這個美少女。即使店門已關，裡面只有他們兩人，仍然提不起一點小小的勇氣，來輕吻她的髮、她的頰，她的眼、她的眉，或者是她那兩片火熱的香唇，平白地讓時光從他們的指隙間偷偷地溜走。

然而，婉玉並沒有因此而失望，她肯定志宏的善良和純潔，而不是戲裡的呆頭鵝。於是她主動地輕吻他的臉龐，即使只像那蜻蜓點水般地一吻，卻深深地激動著志宏的心扉，也適時打開他閉塞的心靈。於是他們緊緊地擁抱在一起，久久，當婉玉仰起頭，以一對水汪汪的大眼凝視著他時，志宏的唇隨即迎過去。他要用愛的唾液來滋潤她火熱的香唇，他要讓他們的兩顆心密切地結合在一起。誠然這是他們人生歲月的第一次，不懂得什麼是舌吻，也不懂得什麼叫熱吻，只感受到兩人摟抱在一起與四片嘴唇重疊在一起時的欣然快感。

「姐，這樣好嗎？」志宏低聲地問，「有沒有讓妳不舒服的地方？」

「志宏，現在我才真正感受到甜蜜和幸福的滋味，有你在身邊，真好！」婉玉柔聲地說。

「姐，但願未來的人生歲月，我們都會有如此的感受，只因為我們心中有愛，才能領會到它的甜蜜和溫馨。」

「你的確是長大了，思想也成熟了，你的每一句話，都是那麼真、那麼實，讓我完完全全置身在幸福的世界裡。」

「今天我們能在一起，與其說是緣分，還不如說是一個戲劇性十足的傳奇故事。姐，即使對妳心儀已久，但我始終不敢夢想會有今天。能得到妳的愛，是我此生最大的殊榮。姐，我不會辜負妳的！」

「會不會辜負不是光靠嘴巴說說而已。記住，當你對一個人提出承諾時，除了必須心口合一外，也要經過歲月的考驗。雖然我們相處已非一朝一夕，感情也絕對禁得起考驗，但人往往會在安逸的環境中迷失自己，屆時，就會出現許多不必要的誤會，或在原本穩固的感情中出現裂痕。志宏，這都是我們必須時加警惕的地方，知道嗎？」

「姐，畢竟妳大我十幾天，社會歷練與見解亦有其獨到之處，這是我自嘆弗如的地方。將來一旦成為夫妻，向吾妻學習的地方仍多，妳一定要不厭其煩地指導我！姐，妳願意嗎？」

「你又不是白癡，真不知道你平日的聰明到那裡去了？」婉玉取笑他說：「活在這個世界上，想維持一個幸福美滿的家庭，夫妻間就要懂得察言觀色、相互尊重，而不是一意孤行，知道嗎？」

「或許，現在還不能完全理解妳的語意，但活在當下，我一定會扮演好每一個角色的。姐，妳要相信我！」

婉玉含笑地點點頭，然後輕輕地把他推開。

「姐，我捨不得離開妳。」志宏竟又一把把她摟住。

「傻瓜，」婉玉輕輕地擰了他一下面龐，「晚了，明天還得早起呢，我們休息吧！」說後，又在他的頰上輕輕地一吻。

志宏的臉上快速地綻放出一份既甜蜜又滿足的微笑，但並沒有把她鬆開。

「你不讓姐走是不是？」婉玉雙眼凝視著他，而後竟開玩笑地說：「既然捨不得我走，姐今晚到你房間陪你睡，怎樣？」

志宏聽到之後，雙頰一陣熾熱，趕緊把她鬆開。

「怎麼啦，害怕了是嗎？」婉玉取笑他說：「剛才不是不讓我走嗎？」

「姐……。」志宏低著頭，不好意思再說什麼。

夜深了，窗外夜鶯的啼叫和蟲鳴，聲聲激動著這對年輕人的心扉，但願今晚，他們能有一個怡然悅心的美夢……。

第十八章

時序隨著時光運轉，四季隨著季節變化，它是自然不變的定律。美枝飼養的那幾頭「豬仔子」，經過「閹豬」石仔的閹割後，已逐漸由「豬豚仔」長大成可宰殺的「菜豬」。即使有不知情的「豬砧」，眼見這幾頭豬有異於一般菜豬的「好骨塊」，絕對能多殺幾斤肉，於是在有利可圖的驅使下，屢次「肖想」來「抓」，但總是乘興而來，敗興而歸。無論豬砧出多少價錢，美枝依然不為所動，她將在志宏和婉玉結婚的那天，除了殺來宴客外，也要以「全豬」和「全羊」敬拜天公祖。

中秋過後，經過美枝和秀春商量的結果，決定讓志宏和婉玉先訂婚，年底再結婚。也因為他們的關係不同於一般，雖然免除了許多不必要的俗套，但美枝和秀春還是為婉玉選購了好些布料和「金器」，為他們辦一場風風光光的婚禮，宴客不收取人家的禮金，更是兩位老人家此生最大的願望和企盼。

訂婚的那一天，美枝既備了囍糖又準備了「桔仔花」，她的心情彷彿娶媳婦，又像是嫁女兒，如此的雙喜臨門，的確讓她笑得合不攏嘴。她提著一只「吊籃仔」，裡面裝的是囍糖，秀春挽著「花籃」，裡面擺放的是桔仔花，兩人一前一後，挨家挨戶，親自為村人送上這則值得歌頌的喜訊。於是，祝福與恭喜的聲音裊裊不斷，但他們似乎早已忘了，美枝在遭受喪夫之痛後，帶著兩個不同家族、不同姓氏的孩子是怎麼走過來的。一個曾經是政府登記有案的貧戶，受過美國番仔的救濟，在街上的騎樓下賣芋頭、賣蕃薯，然在歷經苦難後的今天，孩子終於長大了，並得到貴人的相助，往後更將成為夫妻，讓她倍感欣慰。

然而，人往往在欣喜之後，不如意的事卻緊隨而來，對於金和信商號來說，並非言過其實。狗屎貴仔從軍事看守所出獄了，而且正在大張旗鼓準備復業。不可否認地，公平競爭向來是商場上必須恪遵的原則，但安貴商店歇業已有一段時間，原先的主顧早已流失，為了重新拉攏採買，不得不使出渾身解數、想盡辦法來達到目的。首先他以每月送採買兩條香煙為誘因，再以月底送高粱酒六瓶，可樂汽水兩打供伙食團加菜為餌，來爭取主顧，整個市場可說被搞得烏煙瘴氣。同街的商家因懼於狗屎貴仔的小人作風和惡勢力，大多數都是敢怒而不敢言。志宏當然也是其中之一，甚至吃過他的虧特別多，無形中對於他的為人也更加地清楚。

狗屎貴仔雖然擺明和同街的商家作對，但暗中則鎖定金和信商號，企圖要把它打垮，讓志宏和婉玉永遠不能翻身，讓他們背負金和信商號敗在他們手中的歷史罪名。這種惡毒的手法，的確讓正派經營的志宏有點招架不住，被挖走的主顧少說也有七、八個之多，甚至繼續地被蠶食，把他們逼上絕路。

「狗屎貴仔真的太過份了！」婉玉首先看不過去。

「別和那種小人計較。」志宏安慰她說。

「不計較怎麼行，我們那些老主顧，幾乎快被他搶光了！」婉玉激憤地說。

「妳放心好了，只是短時間的啦！」志宏不在乎地說。

「怎麼說？」婉玉不解地問。

「那些只不過是狗屎貴仔的花招而已。試想，雜貨的利潤原本就很薄，他既要送煙又要送酒、送汽水，甚至還要給點回扣，根本就無利可圖，我倒要看他能撐多久。坦白說，賠錢的生意沒人做，況且，羊毛出在羊身上，過些日子，狗屎貴仔勢必會把這些錢加在貨品上，或在斤兩上動手腳，那些採買大部分都是一些『老仙角』，不可能不知道的。到時，流失的老主顧一定會自動回籠，甚至還會介紹新主顧來。」志宏信心滿滿地分析著說。

「你有那麼大的把握？」婉玉問。

「姐，我不會騙妳啦！」志宏有點不耐煩。

「如果真如你所說的那樣，那是狗屎貴仔咎由自取。」

「我們也不必高興太早，這隻老狐狸針對的是我們金和信，絕對不肯這樣就罷休，一定還會有新花招。」志宏憂慮地說。

「小人難防啊！你自己可得小心。」婉玉囑咐著說。

「狗屎貴仔曾經放話說，牛廣才出獄後，會來找我們算帳。」志宏說。

「一旦這個老北貢出獄的話，更要特別的注意，」婉玉有點憂心，「他們說到做到，一定會伺機報復的。」

「難道他不怕再回看守所坐牢，」志宏神色有些淒迷，「但願他只是嚇嚇我們而已。」

「其實我們也不必過份緊張，靜觀其變再說。如果他敢恐嚇我們的話，就到憲兵隊報案。我就不信沒有王法！」婉玉說。

「對這種不怕死又不可理喻的老北貢，千萬不能硬碰硬，一旦激怒他們，什麼手段都使得出來。」志宏有感而發地說：「自從他們撤退到這個小島上後，我們金門人遭受北貢兵以槍械相向的案例少說也有數十件，尤其是婦女所受的傷害最多，真是情何以堪啊！」

「這或許就是時代的悲劇吧！」婉玉呼應著說：「如依人性的觀點來說，顯然地，他們亦有值得同情的地方。但在反攻大陸無望、不能回老家的此時，內心的苦悶和壓抑是難以用筆墨來形容的，這點極可能是造成他們心理不平衡的最大主因。當他們想要而得不到，或有任何一點不如意時，往往會以激烈的手段來發洩心中的不滿，遭殃的幾乎都是我們金門人。」

「不錯，這的確是時代的悲劇，而金門人何辜啊！我們知道的就有好幾個案例：有引爆手榴彈與人同歸於盡者；有用槍械擊斃人再自盡者；有偷把彈藥放進百姓灶裡企圖傷人者；有誤擊倒楣的無辜者，甚至還有婦女被強姦強暴者……。」志宏屈指默算著說：「實在是數不清啊！」

「這簡直是我們金門人的悲哀。試想，在短短的十餘年間，除了歷經『古寧頭戰役』，『九三』、『八二三』、『六一七』等砲戰，以及『單打雙不打』的零星砲擊外，還要遭受這些老北貢的欺凌，金門人真是『歹命』啊！」婉玉感嘆著說。

「以前常聽阿母說歹命，那時年少，根本不知道什麼是好命、什麼是歹命，現在才真正領會到它的定義是什麼！原來不是吃好、穿好才叫好命；也並非每天上山下海就是歹命。或許，遭受到造物者的作弄，以及一些無法抗拒的外來因素使然，讓身心受到嚴重的傷害，那才叫歹命！」志宏說。

「那我們現在是好命還是歹命？」婉玉笑著問。

「姐，歹命的日子早已過去了，隨著我們的成長，阿母也沒有再說過一句歹命了。因此，我可以斷定，我們現在是好命，但未來的人生歲月，任誰也無法臆測是好命或歹命。就讓我們以平常心，坦然來面對吧！」

「雖然我們都不是宿命論者，但別忘了，天有不測風雲，人有旦夕禍福，世間有許許多多令人意想不到的事，是我們難以料想和防範的。」

「果真如此的話，只好聽天由命了……。」婉玉有點悲觀。

「或許是吧……。」志宏淡淡地說。

狗屎貴仔不顧商業道德，以卑劣的手段營商，已引起同街商家的共憤。於是他們共商謀略，首先對中盤商施壓，針對某些較搶手而類別相同的貨品，倘若那一家出貨給安貴商店，他們就採取聯合抵制的方式，不進該中盤商的貨。起初狗屎貴仔並不在乎，以為只要有錢就可以買得到貨，如果地區的中盤商不供貨，他照樣可以匯現金直接向台灣的廠商購買。然而，多數中盤商均與台灣的原廠商簽有地區總經銷的合約，狗屎貴仔的計謀並不能得逞，只得乖乖地俯首稱臣。但是，他卻把這件事怪罪於金和信商號的志宏，認為是他從中在搞鬼，要他記下這筆帳，找機會好好算一算。

「如果狗屎貴仔敢踏進我們金和信一步，由我來對付！」婉玉氣憤地告訴志宏說。

「別和這種小人計較啦！」志宏低調地說。

「不，」婉玉不認同地說：「這個老賊欺人太甚，他擺明就是要和我們金和信作對。我們處處讓他、不願意惹他，他卻以為我們軟弱好欺，什麼事都加罪在我們身上，甚至還膽敢放話要找我們算帳，不給他一點顏色看看難消這口氣！」

「不要那麼衝動，」志宏安慰她說：「雖然我們不認同他的為人和作法，但至少他的年紀比我們大，說來也是我們的長輩，一旦和他起爭執，不明就裡的人會認為我們沒有教養。反正人在做、天在看，老天爺會懲罰他的，只是時辰未到而已。」

「你就是這麼善良，人家已快騎到你的頭上來了，還幫人家講話！」婉玉氣憤地說。

「姐，俗語說『邪不勝正』，他會自食惡果的。我有十足的信心，金和信絕對不會被整倒！從這個月來看，我們被狗屎貴仔搶走的老主顧，正逐漸地回籠。他那副西洋眼鏡很快就會被人拆穿，搞不出什麼名堂的！」

「不要低估了這隻老狐狸，一旦牛廣才坐牢出來後，他們兩人一定會不擇手段，設法來報復的。」婉玉提醒著說。

「姐，妳別想那麼多好不好，」志宏樂觀地說：「我們金和信一向是正派經營，既不販賣軍用品，也不做違法的生意，他奈何不了我們的。」

「這話是你自己說的喔，倘若遇上什麼麻煩，別怪姐沒提醒你！」婉玉警告他說。

「姐，不會有事啦！」志宏依然信心滿滿地說：「妳別窮緊張好不好！」

「你嫌姐嘮叨是不是？」婉玉扳著臉孔問。

「姐，妳想到那裡去了！」志宏陪著笑臉走近她身旁。

「你真教我擔心！」婉玉輕輕地擰了他一下臉頰。

兩人情不自禁地相視而笑。

不久，牛廣才終於服刑期滿從軍事看守所出來了，他原先服役的單位已調回台灣，出獄後又另行分發到別的單位。因有前科，上級為防患未然，並沒有再讓他擔任經管主副食品的補給士，而是管彈藥槍械的軍械士。向來揮霍成習的牛廣才，一旦沒有外快，每月靠那幾百塊錢薪餉，怎麼夠他吸煙、喝酒又經常出入軍中樂園的花費。於是在狗屎貴仔這個狗頭軍師的慫恿下，大大方方地走進金和信商號。

「丟你老母嗨，金和信的小老闆，你還認得我吧？」他一進門，就嬉皮笑臉地對志宏說。

「當然認得，」志宏不敢怠慢，也不想得罪他，順手從桌上的煙盒取出一支香煙，禮貌地遞給他說：「班長您請抽煙。」

他接過香煙，看了志宏一眼。

志宏拿起火柴，幫他點燃香煙。

「丟你老母嗨，老子和阿貴被你這個龜孫子給害慘了。」他吸了一口煙，而後緩緩地把煙霧吐出來，「在看守所那些日子，簡直不是人過的！」

志宏不知要如何和他談下去，而牛廣才卻繼續說：

「現在出來了，老部隊也調回台灣了，新單位不讓我管補給，卻要我去當軍械士，專門管子彈、手榴彈，步槍、手槍、卡賓槍，那些隔海殺不了共匪的鬼玩意兒。每個月領那幾百塊薪餉，不夠我到軍樂園打兩砲，其他抽煙喝酒的錢更不用說了。你金和信商號的生意在街上可說是頂呱呱，連安貴商店都無法跟你們比，今天我來就是想跟你打一個交道，先賒一條雙喜香煙給我，再借我五百塊，下個月關餉我一定還，如果不還的話，會遭受天打雷劈！」

志宏猶豫了一下，沒有即時答覆他的問題。

「怎麼，信不過我？」牛廣才扳著臉，「丟你老母嗨，老子是看得起你，才來賒你的、借你的！安貴老闆主動要給我錢，老子還不想要呢！」

「班長，不好意思啦，我們金和信商號向來都是銀貨兩訖，也從來沒有和其他人有借貸關係。」志宏說著，順手從貨架上取出一條新樂園香煙，「這樣好了，這條香煙你帶回去吸，至於借錢方面，我實在無能為力。」

「丟你老母嗨，你以為我是乞丐，來要飯的？」牛廣才氣憤又不屑地說：「老子雙喜煙都吸膩了，你這幾包新樂園香煙又算什麼雞巴東西！老子只不過是手頭緊一點，想借幾百塊錢週轉週轉，下個月關餉就還你，你還理由一大堆。丟你老母嗨，誰不知道你金和信有錢！」

「班長，你可能也聽狗屎貴仔說過，金和信的當家是我的『契母』，我只不過是店裡一個小伙計而已，在金錢借貸方面我是不能做主的。」志宏說著，從抽屜數了十張鈔票，遞給他說：「這樣好了，這一百塊算是我請你喝酒的。」

「呸！」牛廣才猛力地朝地下吐了一口痰，臉一橫，眉毛一豎，憤怒地說：「丟你老母嗨，你把我牛廣才當成乞丐是不是？現在老子警告你，煙我是賒定了，錢我也借定了，你再給我囉嗦，老子就償你一顆手榴彈，讓你吃不完兜著走！」

識相的志宏已正式領教眼前這個老北貢的霸道。倘若賒他、借他，絕對是肉包子打狗，有去無回；一旦不賒他、借他，誰敢保證他不會以暴力相向。因此，讓他陷入一個矛盾的深淵裡，似乎也低估了這個老奸巨猾的老北貢。此時，如果婉玉在他身邊多好，兩人可以共謀策略來對付他，而偏偏她早市散場後就騎著腳踏車回家去，留下他孤軍來對抗。

「你賒不賒？借，還是不借？」牛廣才逼人地問，而後高聲地說：「老子可沒有時間跟你在這裡耗！」

志宏迫於無奈，只得乖乖地從貨架上取下一條雙喜煙，數了五百塊，交給牛廣才。

「這樣就對了，」牛廣才面露笑容，「年輕人凡事要乾脆一點，不要拖拖拉拉、婆婆媽媽的！我下個月關餉後，絕對如數歸還，如果食言的話，一定遭天打雷劈！」

牛廣才笑嘻嘻地走了，志宏則是一臉的茫然，這筆帳不知要如何向家人解釋才好。即使婉玉曾提醒過他，但碰到這種狀況，確實也是他始料未及的。為了爾後不再受到干擾或發生一些不必要的麻煩，如果真能以一條雙喜煙和五百塊錢來打發這個老奸巨猾的牛廣才，似乎也是值得的。但如果讓他食髓知味而需索無度的話，那就糟糕了，往後勢必更難於應付。

「前些時候我就警告你，你還嫌我嘮叨。現在好了，看你要怎麼交代？」婉玉知道詳情後，指責他說。

「姐，我們做那麼久的生意，第一次遇到這種凶神惡煞。」志宏無奈地說：「但願他能遵守信用，下個月關餉後盡快來還錢。要不，他一定會遭受天打雷劈的！」

「所有的咒語都是假的，在狗屎貴仔的興風作浪和兩人狼狽為奸下，你別巴望牛廣才會來還你的錢。他這種行為就如同敲詐，而且有第一次就會有第二次，永遠不會感到滿足的。不信你試試看！」婉玉說。

婉玉的話一語道破牛廣才的陰謀，過不了幾天，他真的又來了。

「小老闆，你是知道的，我牛廣才無事不登三寶殿，向來有話也直說。我們再打一個商量，我現在有急用，無論如何幫個忙，再借我五百塊，下個月關餉連同前帳一起還清。如果不還的話，會遭天打雷劈！」牛廣才雖然嘻皮笑臉，卻近乎用央求的口吻說，但明眼人一眼即可看出他是在演戲。

「班長，」婉玉適時地站了出來，毫不客氣地說：「我們金和信是小本經營，實在沒有多餘的錢可以借給你的。大家都知道，你與安貴商店的狗屎貴仔交情不錯，理應向他週轉才對啊！」

「妳這位小姐言之有理，但妳是知道的，交情愈深愈不好意思向他借啊！」牛廣才皮笑肉不笑地說：「同時聽阿貴說，你們姐弟為人熱心，又樂意幫助人，區區五百塊對你們來說，那簡直是九牛一毛啊！」

「坦白告訴你，金和信是我們姐弟替義母代管的事業，店裡的一分一毫，都必須詳實記載清楚。先前你已向我弟弟賒了一條雙喜煙，又借了五百塊，迄今尚未歸還，才隔幾天，又要借五百塊，的確讓我們感到很為難。」婉玉面有難色地說。

「我不是講過了嗎，下個月關餉一定還；如果不還的話，會遭天打雷劈！」牛廣才再次地發誓。

「如果發誓或咒語會靈驗的話，這個世界不會有人類的存在。」婉玉不屑地說。

「那你要我怎麼樣？」牛廣才有些不耐煩。

「俗語說，有借有還，再借不難。班長你是明白人，當然知道箇中道理。」婉玉毫不懼怕地說。

「別以為妳多讀了幾年書，想拿這些鬼道理來壓人！」牛廣才激憤又不屑地說：「老子是不信這一套的！」

「信不信是你的事，借不借錢卻是我們的事。班長，我已經把話說明白了，如果前帳未還，今天我們金和信商號是沒有義務再把錢借給你的。」婉玉說。

「真不借？」牛廣才扳著臉，屈著中指，猛力地往桌上一敲，「我牛廣才沒有借不到錢的！」

「我們實在有困難，」志宏試圖打圓場，「班長不妨先向安貴商店週轉一下……。」

「丟你老母嗨，老子還要你來教！」牛廣才氣憤地指著他們，「不借，真不借是嗎？」

「不借、不借、不借！前帳未清，就是不借！」婉玉實在忍不住心中的氣憤，竟然高聲地咆哮著。

只見牛廣才臉色鐵青，向前一個箭步，就賞給婉玉一個清脆的耳光。並厲聲地說：

「丟你老母嗨，妳找死！」

志宏見狀，快速地衝上前，猛力地推了牛廣才一把，牛廣才往後退了兩步，身體竟失去平衡而跌倒在地。

「丟你老母嗨，你敢打我！」牛廣才撫著臀部緩緩地站起，趁著志宏不注意時，猛力地揮出拳，高聲地吼著「你找死！」而這一拳卻被志宏伸手擋住。

「丟你老母嗨！丟你老母嗨！」牛廣才已失去理智，邊罵邊揮拳，「丟你老母嗨！丟你老母嗨！」

志宏年輕力壯，牛廣才豈是他的對手，然而，他深知毆打軍人的嚴重性，只伸手抵擋和撥開，不敢揮拳打他。婉玉則緊緊地拉住牛廣才的衣服不放，企圖阻擋他繼續揮打志宏。

牛廣才似乎已到了瘋狂的地步，在打不到志宏的同時，卻轉頭又打了婉玉一巴掌。志宏見狀，顧不了打軍人是否犯法，緊握拳頭，朝他的腹部猛力地擊去，只聽牛廣才「哎喲」一聲，而後手按腹部，快速地跑了出去，口中卻不停地咒罵著：

「丟你老母嗨，你給我記住，老子不找你算帳跟你同姓！丟你老母嗨！丟你老母嗨！丟你老母嗨！」

志宏走到婉玉身邊，用手輕拭她含血的唇角，婉玉卻伏在他的胸前哭了起來。

「姐，委屈妳了。」志宏輕輕地拍拍她的肩膀，柔聲地安慰她，而後撫撫她的面頰，低聲地問：「痛嗎？」

婉玉沒有回答他，只輕輕地搖搖頭，然後把頭深埋在他的胸前，淚水卻不停地往下淌。

就在他們情緒失控、心情低落的此時，狗屎貴仔卻突然來到他們店裡。他不分青紅皂白，直指志宏說：

「你不想活了是不是，怎麼可以毆打軍人，那是要判軍法的啊！」

「你不要在這裡興風作浪，」志宏怒指他說：「你狗屎貴仔搞什麼鬼，大家心知肚明！」

「你打了現役軍人牛廣才，人家不僅要告你，也放話要找你算帳，難道你不知道這件事情的嚴重性？我是準備來替你擺平的，你怎麼可以這樣對我說話！」狗屎貴仔理直氣壯地說。

「是他先打人、還是我打他？你狗屎貴仔搞清楚了沒有！」志宏不客氣地說。

「你打軍人就是不對！」狗屎貴仔指著他說。

「你狗屎貴仔不要用『軍人』這頂大帽子來壓我們！」婉玉氣憤地說：「這條街的商家，有誰不知道你狗屎貴仔專門勾結一些不肖的軍人，來欺負我們金門善良的老百姓！今天我們受到牛廣才那個老北貢的欺壓，你非但不替自己的鄉親講一句公道話，反而還口口聲聲說志宏毆打軍人，真不知道你狗屎貴安的是什麼心！有種把牛廣才叫來，大家到憲兵隊講一個清楚！」

「志宏毆打軍人事實就擺在眼前，你們還有什麼可狡辯的！」狗屎貴仔高聲地說：「你們也不想一想，憲兵會偏袒我們老百姓嗎？一旦到了憲兵隊，你們會死得很難堪，甚至怎麼死的都不知道！」

「你不要威脅我們，坦白告訴你，牛廣才向我們賒香煙又借錢，全是你在那裡煽動、搗鬼，不要以為我們是傻瓜不知道！」婉玉的聲音不亞於他，「你狗屎貴仔有錢、有香煙為什麼不借給他、賒給他！為什麼偏偏叫他來找我們的麻煩！真不知道你存的是什麼心！」

「既然我的計謀都被你們拆穿了，我貴仔也不想再隱瞞了，」狗屎貴仔說著，突然提高了聲音，「老實告訴你們，只有兩個字，那就是——報復！」

「無恥！」婉玉高聲地叱責他說。

「有恥或者是無恥，對我來說都不重要，」狗屎貴仔傲慢地，「我不僅要讓你們金和信敗光光，也要讓你們死得很難看！」

「你敢！」志宏氣憤地衝上前，快速地把他的手臂往後一扭，狗屎貴仔「哎喲」一聲後俯下身，從他整個臉糾結在一起的痛苦表情來看，可見志宏使出的力氣有多大。志宏復又高聲地說：「我是不願跟你這種小人計較，而不是怕你，這點你狗屎貴仔要給我搞清楚！今天我鄭重地警告你，假若你繼續勾結那些老北貢來陷害我們，我絕對不會饒恕你的！你好好給我聽清楚，也給我轉告牛廣才，從今以後，如果他敢踏進我金和信一步，想假借名目繼續敲詐的話，我不叫憲兵來抓他，跟他同姓！」志宏說後，一手把他推了出去，「你給我滾！」

狗屎貴仔站起身，狠狠地瞪了他一眼，踉踉蹌蹌地落荒而逃，卻也說了重話：

「你給我記住，給我記住，到時不要怪我心毒手辣！」

碰到兩個狼狽為奸的小人，遇到這種不如意的事，志宏和婉玉的心情簡直到了極端惡劣的程度。

「姐，今天是我們最倒楣的一天，我們提早打烊回家去，請阿母煮麵線給我們吃，好驅驅霉氣。」志宏提議著說。

「好吧，」婉玉說後微嘆了一口氣，「好幾天沒有和阿母、『契母』一起吃飯了。」

「我們是否要把今天發生的經過告訴她們？」志宏問。

「不能講，千萬不能講！」婉玉搖著頭說：「『契母』已多年未曾過問金和信的店務，全權交由我們經營已是不爭的事實，像這種突發事件，必須由我們自己來處理、來承擔，不能讓老人家操心。」

「姐，妳沒說錯，兩位老人家已走過她們生命中最暗淡的歹命人生，我們不能再增添她們任何心理上的負擔。未來的人生歲月，但願她們能在我們夫妻的侍奉下，安享天年。這也是我們衷心的期望。」志宏感性地說。

「走，我們回家。」婉玉牽起志宏的手，「記住，要把今天不愉快的事拋到腦後，不能把那股鬱悶的氣息帶回家，那會讓老人家擔心的。」

志宏點點頭，看看她，從他腦裡掠過的，是一朵嬌艷的紅玫瑰。雖然兩人的婚期未擇，但婚約已定，不久，他倆將攜手步入婚堂，為這個人丁單薄的家族，繁衍更多的後代子孫……。

然而，不幸的事卻接踵而來，就在他們飯後坐在大廳閒話家常時，那個「夭壽、袂好」的老北貢牛廣才，竟喝得醉醺醺、陰魂不散地尾隨而至。雖然美枝和秀春不認識他，然看到他那副鬼模樣，全家人不免一怔，驚恐地站了起來。

只聞他滿口酒臭味，跌跌撞撞來到志宏身邊，開口就說：

「丟你老母嗨，老子早就知道你沒種，竟然躲回鄉下來了，讓老子繞了好大一圈、問遍整個村莊的人，才找到你這個王八龜孫子的家。」

「你說話客氣一點！」志宏不甘示弱。

「客氣？」他雙眼滿布血絲，順手推了志宏一把，「對你這個王八龜孫子講話，還要客氣？」說著，又推了他一把，「你不是要叫憲兵來抓我嗎？去啊！去啊！」

「志宏，不要理他，」婉玉提醒他說，「他喝醉了！」

「我喝醉了？」牛廣才竟然瞇著眼，走到婉玉身邊，伸手托起她的下顎，「像妳這種美人兒……。」

「放尊重點！」婉玉猛力地把他的手撥開，不知那來的勇氣，竟「啪」地一聲，甩了他一個清脆的耳光。

「丟你老母嗨，妳這個不知死活的小騷貨，竟敢打我！」牛廣才摸摸自己的臉龐，而後「呸」地一聲，竟從腰間掏出一把手槍，高聲地對著她說：「妳不想活了是不是！」

「你敢拿槍要脅我們！」志宏說著準備衝過去。

「你再走一步看看？」牛廣才把槍轉向他，「我不打死你這個王八龜孫子就跟你同姓！」

「你這個『夭壽填海』，沒有政府了是不是，竟然敢舉槍要打老百姓！」美枝毫不膽怯地站出來。

「丟你老母嗨，妳這個死老太婆，妳活得不耐煩了是不是？妳敢再囉嗦，老子就連妳一起給斃了！」牛廣才舉槍對著她，並高聲地警告她說。

「你這個沒有父母教養的畜生，怎麼可以對我阿母說這種話！」婉玉怒指著他說，「有種你開槍打死我啊！打啊！」

「婉玉，不要這樣、不要這樣！」秀春走到她身邊，神情凝重地安慰她說：「不能意氣用事，有事和他慢慢講。」

頓時，屋內的空氣一片死寂，彷彿是風暴欲來的徵兆。只見牛廣才滿布血絲的雙眼睜得大大的，走遍大江南北的老北貢，怎能禁得住眼前這個不知死活的少女的挑釁。他憤怒而快速地把手槍上膛，正當對準婉玉準備扣板機時，美枝快速地衝了過去，一聲刺耳的「砰」聲隨即掠過雲空，美枝雖然護衛著婉玉，自己卻不幸被擊斃。而殺人殺紅了眼的牛廣才，並未因美枝倒地而罷休，又快速地舉槍朝志宏射去，只聽志宏「哎喲」一聲，已倒在血泊中。又聽到「砰」的一聲，牛廣才竟朝自己的太陽穴射了一槍，自裁在這棟古老的屋宇裡。霎時，空氣中瀰漫著一股血腥的氣息，讓人有窒息的感覺。

一向膽小的秀春，目睹如此的情景，嚇得全身直發抖。婉玉卻不停地哭喊著：「阿母、阿母！」以及向外呼喊著：「救人喔！救人喔！」

村人聞聲後快速地趕來救援，衛生連也派來醫官和救護車協助，美枝因子彈貫穿心臟失血過多當場斃命。志宏因子彈卡在脊髓骨，雖然緊急送醫手術取出，經過輸血後也撿回一命，但因傷及神經，終身殘廢已是不能避免。一個原本幸福美滿的家庭在一瞬間破碎，所有的夢想也在剎那間破滅。

軍方在瞭解案情以及經過軍事檢察官和法醫勘驗後，已快速地把牛廣才的屍體抬走。美枝則平白地斷送一條寶貴的生命，志宏終身殘廢已是事實，婉玉接受憲警調查在所難免。然而，在這場暴力事件之中，真正受難者是誰呢？或許是善良無辜的金門百姓吧！像牛廣才這種罪惡深重的軍中敗類，真是死有餘辜！

秀春一手攬起美枝的喪事，她再三地囑咐來幫忙的村長，無論花費多少錢在所不惜，一定要把美枝的喪事辦得熱熱鬧鬧的，好讓她風風光光地上山頭。志宏傷重未癒，不能披麻帶孝親送阿母一程。最傷心的莫過於婉玉，阿母純然因護衛她而死，如果不是阿母替她擋下那顆子彈，今天躺在「廳邊」的，絕對是她而不是阿母。想起阿母坎坷的一生，想起八二三砲戰母親帶她來依親的那一年，淚水就像決堤的河水，不斷地從她的眼眶裡湧出來。而今天，她既是孝女又是孝媳，甚至也得代替志宏這個孝子，為阿母流下一串串天人永隔的悲傷淚水！然而，即使流下再多的淚水，依然喚不醒長眠在墓裡的阿母……。

尾　聲

金和信商號發生如此重大的事故，所有的商家和親朋好友無不流下一滴悲傷憐憫的淚水，惟獨獨狗屎貴仔喜在心頭，甚至還偷偷地暗笑著。然而，風水輪流轉，作惡多端的他，命運卻比美枝還淒慘，在一個單號的夜裡，安貴商店中了宣傳彈，引燃了一大桶軍用煤油，霎時濃煙密布，火苗四處流竄，加上門窗緊閉，火勢一發不可收拾，狗屎貴仔一家三口逃生不及，活活被燒死在瓦礫堆中，挖出來時，已是一具具面目全非的黑色焦屍。不管狗屎貴仔是咎由自取，還是罪有應得，理應由他自己來承受，他的妻兒似乎不該遭受老天爺如此重大的懲罰。然而，天理昭彰，無辜的受害者，許是受到他的誅連，只好任由上蒼處置吧！

美枝「脫孝」後的不久，婉玉商得『契母』的同意，結束經營數十年的金和信商號。她把阿爸、阿母和『契父』，以及自己親生母親的神主牌，用「花帔」包著，帶著年老體衰的『契母』和身心受到重創的志宏，離開金門這塊傷心地。她主要目的並非想逃避現實，而是想找一個幽靜的環境，讓契母遠離砲火煙硝、在異鄉頤養天年；繼而地為志宏尋找名醫，冀望他的身體能早日康復。然而，自從他們離開這塊土地，就未曾見到他們重回這個島嶼的身影。而時光早已隨著無情的歲月從人們的指隙間溜走，是現實人生的使然，還是早已把異鄉當故鄉，無情的歲月並沒有給任何人一個明確的答案，徒留親友們對他們的想念……。

（全文完）

原載二〇〇七年十月廿一日至二〇〇八年三月廿日《浯江副刊》

後記

寫完《歹命人生》已是時序的寒露，然我並沒有脫稿後的喜悅，反而為文中那些遭受命運戲弄的人物感到悲傷。儘管各人的際遇不同，命運亦非與生俱來，而人生在世到底是「好命」或「歹命」？這個看來十分簡單的問題，卻不停地在我腦裡糾纏著，讓我無法即時思索出一個完美的答案，就容我暫時把它隱藏在內心裡，往後再慢慢來解題吧！

爾時，在這個以軍領政的小島上，無辜的百姓遭受軍人暴力相向，似乎是稀鬆平常的事，鄉親雖然同情受難者的遭遇，但又能奈何？誠然，美枝的死、志宏的傷，只是個案，但歷年來在這個島嶼發生的各類案件，少說也有數十起之多。不管它是時代的悲劇，抑或是島民的宿命，那一幕幕悲痛的慘劇，卻是島民心中永遠的疼痛。雖然沒人能還給他們一個公道，但無論是受難者或其家屬，都會記下這筆血債的。縱然歲月染白了他們的華髮，縱使時光腐蝕了他們的身軀，依然無法從他們的記憶中磨滅。

不可否認地，在這個瀰漫著砲火煙硝的島嶼生活了幾十年，自己又曾經在防區最高政戰單位服務過，面對戒嚴軍管時期、戰地政務體制下的惡形惡相，以及認清一些不學無術、僅懂得逢迎拍馬的高官嘴臉，的確讓我有太多的感觸和憤懣。然而，隨著歲數的增長、隨著時局的變遷、隨著那些高官逐一的凋零，似乎也讓我學會了寬恕和包容。但是，凡走過必留下痕跡，我親身歷經或親眼目睹過的諸多事端，即使已被歷史的洪流淹沒，惟迄今依然深藏在我的腦海裡、未曾遺忘，它或許也是促使我書寫這本書的原委。

自一九九六年復出以來，雖然每年都有新作問世，卻始終未達到我理想中的最高意境，面對浯鄉這塊蓬勃的文學園地，確實讓我感到有些羞愧和徬徨。誠然在這個島嶼看盡人生百態、嚐盡世間的酸甜苦辣，對生存價值亦有相當的體悟，但若以自己的年歲而言，又能在這個浮浮沉沉、紛紛擾擾的現實社會遊戲多久？尤其是文學創作，它不同於一般史料的搜集和整理，文中的每一個字句、每一個段落，都是仰賴自己有限的腦力、不斷地思索而來的。雖然不敢說是智慧的結晶，但箇中的辛酸，則非局外人所能瞭解。因此，每一本書對我來說，都如同是我的性命，我沒有不珍惜它的理由。

轉眼秋去冬來春天到，當生命中的黃昏暮色即將來臨時，儘管世道蒼茫、人情冷暖，然圍繞在我週遭的依舊是濃郁的友情馨香。即使尚有未實現的理想、未圓的美夢、未兌現的諾言，但只要活著就有希望，只是惟恐天不從人願，美夢未圓身先殂，徒留遺憾在人間……。

感謝摯友作家謝輝煌兄，為本書做深入的剖析。

感謝您，親愛的讀者們！

二〇〇八年五月於金門新市里

作者年表

一九四六年　八月生於金門碧山。

一九六一年　六月讀完金門中學初中一年級因家貧輟學。

一九六三年　一月任金防部福利單位雇員，暇時在「明德圖書館」苦學自修。

一九六六年　三月首篇散文作品〈另外一個頭〉載於《正氣副刊》。

一九六八年　二月參加救國團舉辦「金門冬令文藝研習營」。

一九七二年　五月由金防部福利單位會計晉升經理，並在政五組兼辦防區福利業務。六月由臺北林白出版社出版文集《寄給異鄉的女孩》，八月再版。

一九七三年　二月長篇小說《螢》載於《正氣副刊》。五月由台北林白出版社出版發行。七月與友人創辦《金門文藝》季刊，擔任發行人兼社長，撰寫發刊詞，主編創刊號。

一九七四年
九月行政院新聞局以局版臺誌字第〇〇四九號核發金門地區第一張雜誌登記證，時局長為錢復先生。

一九七九年
六月自金防部福利單位離職，輟筆，經營「長春書店」。

一九九五年
一月《金門文藝》革新一期由旅臺大專青年黃克全等接辦，仍擔任發行人。

一九九六年
創作空白期（一九七四至一九九五年），長達二十餘年。

一九九七年
七月復出。新詩〈走過天安門廣場〉載於《浯江副刊》。八月散文〈江水悠悠江水長〉載於《青年日報副刊》。九月短篇小說〈再見海南島．海南島再見〉載於《浯江副刊》。

一九九八年
一月由臺北大展出版社出版發行三書：《寄給異鄉的女孩》增訂三版。《螢》再版。《再見海南島　海南島再見》初版。三月長篇小說《失去的春天》載於《浯江副刊》，七月由臺北大展出版社出版發行。

一月中篇小說《秋蓮》上卷〈再會吧，安平〉，五月下卷〈迢遙浯鄉路〉均載於《浯江副刊》。八月由臺北大展出版社出版發行三書：《秋蓮》中篇小說，《同賞窗外風和雨》散文集，《陳長慶作品評論集》艾翎編。

一九九九年　十月散文集《何日再見西湖水》由臺北大展出版社出版發行。

二〇〇〇年　五月金門縣寫作協會「讀書會」假縣立文化中心舉辦《失去的春天》研讀討論會，作者以〈燦爛五月天〉親自導讀。十月長篇小說《午夜吹笛人》載於《浯江副刊》，十二月由臺北大展出版社出版發行。

二〇〇一年　四月〈今年的春天哪會這呢寒〉——咱的故鄉咱的詩，載於《浯江副刊》。十二月中篇小說《春花》載於浯江副刊。

二〇〇二年　三月中篇小說《春花》由臺北大展出版社出版發行。五月中篇小說《冬嬌姨》載於浯江副刊，八月由臺北大展出版社出版發行。十二月由國立高雄應用科技大學金門分部觀光系主辦，行政院文建會及金門縣政府協辦之【碧山的呼喚】系列活動，作者親自朗誦閩南語詩作：〈阮的家鄉是碧山〉為活動揭開序幕。散文集《木棉花落花又開》由臺北大展出版社出版發行。

二〇〇三年　五月中篇小說《夏明珠》載於《浯江副刊》，十月由臺北大展出版社出版發行。同月長篇小說《烽火兒女情》脫稿，二十六日起載於《浯江副刊》。十一月長篇小說

《失去的春天》由金門縣政府列入《金門文學叢刊》第一輯，並由臺北聯經出版公司出版發行。十二月〈咱的故鄉　咱的詩〉七帖，由金門縣文化中心編入《金門新詩選集》出版發行。其詩誠如國立台灣藝術大學副教授詩人張國治所言：「他植根於對時局的感受，對家鄉政治環境的變遷，世風流俗的易變，人心不古，戰火悲傷命運的淡化等子題關注，……選擇這種分行，類對句……、俗諺，類老者口述，叮嚀，類台語老歌，類台語詩的文類……鋪陳一股濃濃的鄉土情懷。

二〇〇四年

三月長篇小說《烽火兒女情》由臺北大展出版社出版發行。八月長篇小說《日落馬山》脫稿，九月五日起載於《浯江副刊》。

二〇〇五年

元月〈歷史不容扭曲，史實不容誤導〉——走過烽火歲月的「金門特約茶室」脫稿，廿三日起載於《浯江副刊》。二月長篇小說《日落馬山》由台北大展出版社出版發行。三月散文集《時光已走遠》由金門縣文化局贊助，台北大展出版社出版發行。四月短篇小說〈將軍與蓬萊米〉脫稿，廿七日起載於《浯江副刊》。七月中篇小說〈老毛〉脫稿，十日起載於《浯江副刊》。八月《走過烽火歲月的金門特約茶室》獲行政院文建會、福建省政府、金酒實業（股）公司贊助，十一月由台北大展出版社出版發行。金門縣鄉土文化建設促進會並於同月二十六日為作者舉辦新書發表會。二十九日《聯合報》以半版之篇幅詳加報導，撰文者為資深記者李木隆先生。

二〇〇六年

一月〈關於軍中樂園〉載於《中國時報人間副刊》。三月五日當選「金門縣采風文化發展協會」第三屆理事長。二十日長篇小說《小美人》載於浯江副刊。六月《陳長慶作品集》（一九九六—二〇〇五）全套十冊（散文卷三冊，小說卷七冊，別卷一冊）由台北秀威資訊科技公司出版發行。八月長篇小說《小美人》亦由台北秀威資訊科技公司出版發行。十一月長篇小說《李家秀秀》脫稿，十二月一日起載於《浯江副刊》。同月《金門特約茶室》由金門縣文化局出版發行。該書出版後，除「東森」、「三立」、「中天」、「名城」……等多家電子媒體，針對「金門軍中特約茶室」之議題詳予報導外，亦有部分平面媒體深入報導。計有：二〇〇七年一月十八日，《金門日報》記者陳麗妤專訪報導（刊於地方新聞版）。一月二十日，廈門《海峽導報》記者林連金報導（刊於金門新聞版）。二月十一日，台北《蘋果日報》記者洪哲政報導（刊於A2要聞版）。三月十二日，台北「第一手報導雜誌社」記者蕭銘國專題報導（刊於五二七期社會新聞五十六～五十八頁）。

二〇〇七年

六月長篇小說《李家秀秀》由台北秀威資訊科技公司出版發行。《金門特約茶室》再版二刷。八月散文〈風雨飄搖寄詩人〉載於《浯江副刊》。十月長篇小說《歹命人生》脫稿，廿一日起載於《浯江副刊》。同月並相繼完成：〈風格與品味——試論林怡種的《天公疼戇人》〉、〈永不矯揉造作的筆耕者——試論寒玉的《女人話題》〉、〈省悟與感恩——試論陳順德《永恆的生命》〉等三篇評論。

國家圖書館出版品預行編目

歹命人生 / 陳長慶著. -- 一版. -- 臺北市 :
秀威資訊科技, 2008.06
面； 公分. --(語言文學類 ; PG0186)
ISBN 978-986-221-034-5(平裝)

857.7　　97011710

語言文學類　PG0186

歹命人生

作　　　者 / 陳長慶
發　行　人 / 宋政坤
執 行 編 輯 / 黃姣潔
圖 文 排 版 / 林蔚靜
封 面 設 計 / 莊芯媚
數 位 轉 譯 / 徐真玉　沈裕閔
圖 書 銷 售 / 林怡君
法 律 顧 問 / 毛國樑　律師
出 版 印 製 / 秀威資訊科技股份有限公司
台北市內湖區瑞光路583巷25號1樓
電話：02-2657-9211　傳真：02-2657-9106
E-mail：service@showwe.com.tw
經　銷　商 / 紅螞蟻圖書有限公司
台北市內湖區舊宗路二段121巷28、32號4樓
電話：02-2795-3656　傳真：02-2795-4100
http://www.e-redant.com

2008 年 6 月　BOD 一版
定價：340 元

讀　者　回　函　卡

感謝您購買本書，為提升服務品質，煩請填寫以下問卷，收到您的寶貴意見後，我們會仔細收藏記錄並回贈紀念品，謝謝！

1.您購買的書名：＿＿＿＿＿＿＿＿＿＿＿＿＿＿＿

2.您從何得知本書的消息？

□網路書店　□部落格　□資料庫搜尋　□書訊　□電子報　□書店
□平面媒體　□ 朋友推薦　□網站推薦　□其他＿＿＿＿＿

3.您對本書的評價：(請填代號　1.非常滿意 2.滿意 3.尚可 4.再改進)

封面設計＿＿　版面編排＿＿　內容＿＿　文/譯筆＿＿　價格＿＿

4.讀完書後您覺得：

□很有收獲　□有收獲　□收獲不多　□沒收獲

5.您會推薦本書給朋友嗎？

□會　□不會，為什麼？＿＿＿＿＿＿＿＿＿＿＿＿＿＿＿＿＿＿＿

6.其他寶貴的意見：＿＿＿＿＿＿＿＿＿＿＿＿＿＿＿＿＿＿＿＿＿＿

＿＿＿＿＿＿＿＿＿＿＿＿＿＿＿＿＿＿＿＿＿＿＿＿＿＿＿＿＿

＿＿＿＿＿＿＿＿＿＿＿＿＿＿＿＿＿＿＿＿＿＿＿＿＿＿＿＿＿

＿＿＿＿＿＿＿＿＿＿＿＿＿＿＿＿＿＿＿＿＿＿＿＿＿＿＿＿＿

讀者基本資料

姓名：＿＿＿＿＿＿＿＿＿＿　年齡：＿＿＿　性別：□女　□男

聯絡電話：＿＿＿＿＿＿＿＿　E-mail：＿＿＿＿＿＿＿＿＿＿

地址：＿＿＿＿＿＿＿＿＿＿＿＿＿＿＿＿＿＿＿＿＿＿＿＿＿

學歷：□高中(含)以下　□高中　□專科學校　□大學
□研究所(含)以上　□其他＿＿＿＿＿＿＿＿

職業：□製造業　□金融業　□資訊業　□軍警　□傳播業　□自由業
□服務業　□公務員　□教職　□學生　□其他＿＿＿＿＿＿

請貼
郵票

To：114

台北市內湖區瑞光路 583 巷 25 號 1 樓

秀威資訊科技股份有限公司　　　收

寄件人姓名：

寄件人地址：□□□

(請沿線對摺寄回,謝謝!)

秀威與 BOD

BOD（Books On Demand）是數位出版的大趨勢，秀威資訊率先運用 POD 數位印刷設備來生產書籍，並提供作者全程數位出版服務，致使書籍產銷零庫存，知識傳承不絕版，目前已開闢以下書系：

一、BOD 學術著作—專業論述的閱讀延伸
二、BOD 個人著作—分享生命的心路歷程
三、BOD 旅遊著作—個人深度旅遊文學創作
四、BOD 大陸學者—大陸專業學者學術出版
五、POD 獨家經銷—數位產製的代發行書籍

BOD 秀威網路書店：www.showwe.com.tw
政府出版品網路書店：www.govbooks.com.tw

永不絕版的故事・自己寫・永不休止的音符・自己唱